莎士比亚全集·中文本（典藏版）
William Shakespeare: Complete Works

［英］威廉·莎士比亚（William Shakespeare）著
辜正坤 主编／王剑 译

终 成 眷 属

All's Well that Ends Well

外语教学与研究出版社
北京

京权图字：01-2016-5002

图书在版编目（CIP）数据

终成眷属／（英）威廉·莎士比亚（William Shakespeare）著；王剑译. 北京：外语教学与研究出版社，2024.6. ——（莎士比亚全集／辜正坤主编）. ISBN 978-7-5213-5345-7

I. I561.33

中国国家版本馆 CIP 数据核字第 2024C9G711 号

终成眷属

ZHONG CHENG JUANSHU

出 版 人　王　芳
项目负责　邢印姝　郭芮萱
责任编辑　都楠楠
责任校对　周渝毅
封面设计　张　潇
出版发行　外语教学与研究出版社
社　　址　北京市西三环北路 19 号（100089）
网　　址　https://www.fltrp.com
印　　刷　三河市紫恒印装有限公司
开　　本　710×1000　1/16
印　　张　10
字　　数　160 千字
版　　次　2024 年 6 月第 1 版
印　　次　2024 年 6 月第 1 次印刷
书　　号　ISBN 978-7-5213-5345-7
定　　价　68.00 元

如有图书采购需求，图书内容或印刷装订等问题，侵权、盗版书籍等线索，请拨打以下电话或关注官方服务号：
客服电话：400 898 7008
官方服务号：微信搜索并关注公众号"外研社官方服务号"
外研社购书网址：https://fltrp.tmall.com

物料号：353450001

记载人类文明
沟通世界文化
www.fltrp.com

出版说明

　　1623 年，莎士比亚的演员同僚们倾注心血结集出版了历史上第一部《莎士比亚全集》——著名的第一对开本，这是三百多年来许多导演和演员最为钟爱的莎士比亚文本。2007 年，由英国皇家莎士比亚剧团（Royal Shakespeare Company）推出的《莎士比亚全集》，则是对第一对开本首次全面的修订。

　　本套《莎士比亚全集》新汉译本，正是依据当今莎学界最负声望的皇家版《莎士比亚全集》翻译而成。译本的凡例说明如下：

　　一、文体：剧文有诗体和散体之分。未及最右行末即转行的为诗体。文字连排、直至最右行末转行的，则为散体。

　　二、舞台提示：

　　1）角色的上场与下场及其他舞台提示以仿宋体排出，穿插于剧文中的舞台提示以圆括号进行标注，如：（对亨利王子）。

　　2）舞台提示中的特殊符号。译本所依据的皇家版《莎士比亚全集》的编辑者对舞台提示中的不确定情形以特殊符号予以标注，译本亦保留了这些符号：如（旁白？）表示某行剧文既可作为旁白，亦可当作对话；又如某个舞台活动置于箭头 ↓↓ 之间，表示它可发生在一场戏中的多个不同时刻。

　　三、脚注：脚注中除标注有"译者附注"字样的，均译自或改编自皇家版《莎士比亚全集》注释。脚注多为对剧文中背景知识及专名的解释，以使读者更好地理解剧情；亦包含部分与英文原文相关的脚注，以使读者在品味译者的佳文时，亦体验到英文原文的精妙。

　　四、文本：译本以第一对开本为蓝本，部分剧目中四开本与之明显相异的段落亦有译出，附于正文之后，供读者参考。

　　此《莎士比亚全集》新汉译本历经策划、翻译、编辑加工和印装等工序，各个环节的参与者均竭尽全力，力求完美，但由于水平、精力所限，难免有所错漏，敬请广大读者赐教指正。

外语教学与研究出版社
综合出版事业部

莎士比亚诗体重译集序

辜正坤

他非一代骚人，实属万古千秋。

这是英国大作家本·琼森（Ben Jonson）在第一部《莎士比亚全集》（*Mr. William Shakespeares Comedies, Histories, & Tragedies*, 1623）扉页上题诗中的诗行。三百多年来，莎士比亚在全球逐步成为一个家喻户晓的名字，似乎与这句预言在在呼应。但这并非偶然言中，有许多因素可以解释莎士比亚这一巨大的文化现象产生的必然性。最关键的，至少有下面几点。

首先，其作品内容具有惊人的多样性。世界上很难有第二个作家像莎士比亚这样能够驾驭如此广阔的题材。他的作品内容几乎无所不包，称得上英国社会的百科全书。帝王将相、走卒凡夫、才子佳人、恶棍屠夫……一切社会阶层都展现于他的笔底。从海上到陆地，从宫廷到民间，从国际到国内，从灵界到凡尘……笔锋所指，无处不至。悲剧、喜剧、历史剧、传奇剧，叙事诗、抒情诗……都成为他显示大才的文学样式。从哲理的韵味到浪漫的爱情，从盘根错节的叙述到一唱三叹的诗思，波涛汹涌的情怀，妙夺天工的笔触，凡开卷展读者，无不为之拊掌称绝。即使只从莎士比亚使用过的海量英语词汇来看，也令人产生仰之弥高的感觉。德国语言学家马克斯·缪勒（Max Müller）原以为莎士比亚使用过的词汇最多为 15,000 个，事后证明这当然是小看了语言大师的词汇储藏量。美国教授爱德华·霍尔登（Edward Holden）经过一番考察后，认为至少达 24,000 个。可是他哪里知道，这依然是一种低估。有学者甚至声称用电脑检索出莎士比亚用的词汇多达 43,566 个！当然，这些数据还不是莎士比亚作品之所以产生空前影响的关键因素。

其次，但也许是更重要的原因：他的作品具有极高的娱乐性。文学作品的生命力在于它能寓教于乐。莎士比亚的作品不是枯燥的说教，而是能够给予读者或观众极大艺术享受的娱乐性创造物，往往具有明显的煽情效果，有意刺激人的欲望。这种艺术取向当然不是纯粹为了娱乐而娱乐，掩藏在背后的是当时西方人强有力的人本主义精神，即用以人为本的价值观来对抗欧洲上千年来以神为本的宗教价值观。重欲望、重娱乐的人本主义倾向明显对重神灵、重禁欲的神本主义产生了极大的挑战。当然，莎士比亚的人本主义与中国古人所主张的人本主义有很大的区别。要而言之，前者在相当大的程度上肯定了人的本能欲望或原始欲望的正当性，而后者则主要强调以人的仁爱为本规范人类社会秩序的高尚的道德要求。二者都具有娱乐效果，但前者具有纵欲性或开放性娱乐效果，后者则具有节欲性或适度自律性娱乐效果。换句话说，对于 16、17 世纪的西方人来说，莎士比亚的作品暗中契合了试图挣脱过分禁欲的宗教教义的约束而走向个性解放的千百万西方人的娱乐追求，因此，它会取得巨大成功是势所必然的。

第三，时势造英雄。人类其实从来不缺善于煽情的作手或视野宏阔的巨匠，缺的常常是时势和机遇。莎士比亚的时代恰恰是英国文艺复兴思潮达到鼎盛的时代。禁欲千年之久的欧洲社会如堤坝围裹的宏湖，表面上浪静风平，其底层却汹涌着决堤的纵欲性暗流。一旦湖堤洞开，飞涛大浪呼卷而下，浩浩汤汤，汇作长河，而莎士比亚恰好是河面上乘势而起的弄潮儿，其迎合西方人情趣的精湛表演，遂赢得两岸雷鸣般的喝彩声。时势不光涵盖社会发展的总趋势，也牵连着别的因素。比如说，文学或文化理论界、政治意识形态对莎士比亚作品理解、阐释的多样性与莎士比亚作品本身内容的多样性产生相辅相成的效果。"说不尽的莎士比亚"成了西方学术界的口头禅。西方的每一种意识形态理论，尤其是文学理论，要想获得有效性，都势必会将阐释莎士比亚的作品作为试金石。17世纪初的人文主义，18世纪的启蒙主义，19世纪的浪漫主义，20世纪的现实主义或批判现实主义，都不同程度地、选择性地把莎士比亚作品作为阐释其理论特点的例证。也许17世纪的古典主义曾经阻遏过西方人对莎士比亚作品的过度热情，但是19世纪的浪漫主义流派却把莎士比亚作品推崇到无以复加的崇高地位，莎士比亚俨然成了西方文学的神灵。20世纪以来，西方资本主义阵营和社会主义阵营可以说在意识形态的各个方面都互相对立，势同水火，可是在对待莎士比亚的问题上，居然有着惊人的共识与默契。不用说，社会主义阵营的立场与社会主义理论的创始者马克思（Karl Marx）、恩格斯（Friedrich Engels）个人的审美情趣息息相关。马克思一家都是莎士比亚的粉丝；马克思称莎士比亚为"人类最伟大的天才之一，人类文学奥林波斯山上的宙斯"！他号召作家们要更加莎士比亚化。恩格斯甚至指出："单是《快乐的温莎巧妇》[1]的第一幕就比全部德国文学包含着更多的生活气息。"不用说，这些话多多少少有某种程度的文学性夸张，但对莎士比亚的崇高地位来说，却无疑产生了极大的推动作用。

第四，1623年版《莎士比亚全集》奠定莎士比亚崇拜传统。这个版本即眼前译本所依据的皇家版《莎士比亚全集》（*The RSC William Shakespeare: Complete Works*, 2007）的主要内容。该版本产生于莎士比亚去世的第七年。莎士比亚的舞台同仁赫明奇（John Heminge）和康德尔（Henry Condell）整理出版了第一部莎士比亚戏剧集。当时的大学者、大

---

1 英文剧名为 The Merry Wives of Windsor，朱生豪先生译作《温莎的风流娘儿们》；重译本综合考虑剧情和英文书名，译作《快乐的温莎巧妇》。

作家本·琼森为之题诗，诗中写道："他非一代骚人，实属万古千秋。"这个调子奠定了莎士比亚偶像崇拜的传统。而这个传统一旦形成，后人就难以反抗。英国文学中的莎士比亚偶像崇拜传统已经形成了一种自我完善、自我调整、自我更新的机制。至少近两百年来，莎士比亚的文学成就已被宣传成世界文学的顶峰。

第五，现在署名"莎士比亚"的作品很可能不只是莎士比亚一个人的成果，而是凝聚了当时英国若干戏剧创作精英的团体努力。众多大作家的智慧浓缩在以"莎士比亚"为代号的作品集中，其成就的伟大性自然就获得了解释。当然，这最后一点只是莎士比亚研究界若干学者的研究性推测，远非定论。有的莎士比亚著作爱好者害怕一旦证明莎士比亚不是署名为"莎士比亚"的著作的作者，莎士比亚的著作便失去了价值，这完全是杞人忧天。道理很简单，人们即使证明了《红楼梦》的作者不是曹雪芹，或《三国演义》的作者不是罗贯中，也丝毫不影响这些作品的伟大价值。同理，人们即使证明了《莎士比亚全集》不是莎士比亚一个人创作的，也丝毫不会影响《莎士比亚全集》是世界文学中的伟大作品这个事实，反倒会更有力地证明这个事实，因为集体的智慧远胜于个人。

皇家版《莎士比亚全集》译本翻译总思路

横亘于前的这套新译本，是依据当今莎学界最负声望的皇家版《莎士比亚全集》进行翻译的，而皇家版又正是以本·琼森题过诗的 1623 年版《莎士比亚全集》为主要依据。

这套译本是在考察了中国现有的各种译本后，根据新的历史条件和新的翻译目的打造出来的。其总的翻译思路是本套译本主编会同外语教学与研究出版社的相关领导和责任编辑讨论的结果。总起来说，皇家版《莎士比亚全集》译本在翻译思路上主要遵循了以下几条：

1. 版本依据。如上所述，本版汉译本译文以英国皇家版《莎士比亚全集》为基本依据。但在翻译过程中，译者亦酌情参阅了其他版本，以增进对原作的理解。

2. 翻译内容包括：内页所含全部文字。例如作品介绍与评论、正文、注释等。

3. 注释处理问题。对于注释的处理：1）翻译时，如果正文译文已经将英文版某注释的基本含义较准确地表达出来了，则该注释即可取消；2）如果正文译文只是部分地将英文版对应注释的基本含义表达出来，则该注释可以视情况部分或全部保留；3）如果注释本身存疑，可以在保留原注的情况下，加入译者的新注。但是所加内容务必有理有据。

4. 翻译风格问题。对于风格的处理：1）在整体风格上，译文应该尽量逼肖原作整体风格，包括以诗体译诗体，以散体译散体；2）在具体的文字传输处理上，通常应该注重汉译本身的文字魅力，增强汉译本的可读性。不宜太白话，不宜太文言；文白用语，宜尽量自然得体。句子不要太绕，注意汉语自身表达的句法结构，尤其是其逻辑表达方式。意义的异化性不等于文字形式本身的异化性，因此要注意用汉语的归化性来传输、保留原作含义的异化性。朱生豪先生的译本语言流畅、可读性强，但可惜不是诗体，有违原作形式。当下译本是要在承传朱先生译本优点的基础上，根据新时代的读者审美趣味，取得新的进展。梁实秋先生等的译本，在达意的准确性上，比朱译有所进步，也是我们应该吸纳的优点。但是梁译文采不足，则须注意避其短。方平先生等的译本，也把莎士比亚翻译往前推进了一步，在进行大规模诗体翻译方面作出了宝贵的尝试，但是离真正的诗体尚有距离。此外，前此的所有译本对于莎士比亚原作的色情类用语都有程度不同的忽略，本套皇家版译本则尽力在此方面还原莎士比亚的本真状态（论述见后文）。其他还有一些译本，亦都应该受到我们的关注，处理原则类推。每种译本都有自己独特的东西。我们希望美的译文是这套译本的突出特点。

5. 借鉴他种汉译本问题。凡是我们曾经参考过的较好的译本，都在适当的地方加以注明，承认前辈译者的功绩。借鉴利用是完全必要的，但是要正大光明，避免暗中抄袭。

6. 具体翻译策略问题特别关键，下文将其单列进行陈述。

莎士比亚作品翻译领域大转折：真正的诗体译本

莎士比亚首先是一个诗人。莎士比亚的作品基本上都以诗体写成。因此，要想尽可能还原本真的莎士比亚，就必须将莎士比亚作品翻译成为诗体而不是散文，这在莎学界已经成为共识。但是紧接而来的问题是：什么叫诗体？或需要什么样的诗体？

按照我们的想法：1）所谓诗体，首先是措辞上的诗味必须尽可能浓郁；2）节奏上的诗味（包括分行）等要予以高度重视；3）结合中国人的审美习惯，剧文可以押韵，也可以不押韵。但不押韵的剧文首先要满足前两个要求。

本全集翻译原计划由笔者一个人来完成。但是，莎士比亚的创作具有惊人的多样性，其作品来源也明显具有莎士比亚时代若干其他作家与作品的痕迹，因此，完全由某一个译者翻译成一种风格，也许难免偏颇，难以和莎士比亚风格的多样性相呼应。所以，集众人的力量来完成大业，应该更加合理，更加具有可操作性。

具体说来，新时代提出了什么要求？简而言之，就是用真正的诗体翻译莎士比亚的诗体剧文。这个任务，是朱生豪先生无法完成的。朱先生说过，他在翻译莎士比亚作品时，"当然预备全部用散文译出，否则将要了我的命"。[1] 显然，朱先生也考虑过用诗体来翻译莎士比亚著作的问题，但是他的结论是：第一，靠单独一个人用诗体翻译《莎士比亚全集》是办不到的，会因此累死；第二，他用散文翻译也是不得已的办法，因为只有这样他才有可能在有生之年完成《莎士比亚全集》的翻译工作。

将《莎士比亚全集》翻译成诗体比翻译成散文体要难得多。难到什么程度呢？和朱生豪先生的翻译进度比较一下就知道了。朱先生翻译得最快的时候，一天可以翻译一万字。[2] 为什么会这么快？朱先生才华过人，这当然是一个因素，但关键因素是：他是用散文翻译的。用真正的诗体就不一样了。以笔者自己的体验，今日照样用散文翻译莎士比亚剧本，最快时也可达到每日一万字。这是因为今日的译者有比以前更完备的注释本和众多的前辈汉译本作参考，至少在理解原著时，要比朱先生当年省力得多，所以翻译速度上最高达到一万字是不难的。但是翻译成诗体就是另外一回事了。这比自己写诗还要难得多。写诗是自己随意发挥，译诗则必须按照别人的意思发挥，等于是戴着镣铐跳舞。笔者自己写诗，诗兴浓时，一天数百行都可以写得出来，但是翻译诗，一天只能是几十行，统计成字数，往往还不到一千字，最多只是朱生豪先生散文翻译速度的十分之一。梁实秋先生翻译《莎士比亚全集》用的也是散文，但是也花了 37 年，如果要翻译成真正的诗体，那么至少得 370 年！由此可见，真正的诗体《莎士比亚全集》汉译本的诞生，有多么艰难。此次笔者约稿的各位译者，都是用诗体翻译，并且都表示花费了大量的时间，

1　见朱生豪大约在 1936 年夏致宋清如信："今天下午，我试译了两页莎士比亚，还算顺利，不过恐怕终于不过是 Poor Stuff 而已。当然预备全部用散文译出，否则将要了我的命。"（《伉俪：朱生豪宋清如诗文选》下卷，中国青年出版社，2013 年，第 94 页）

2　朱生豪："今天因为提起了精神，却很兴奋，晚上译了六千字，今天一共译一万字。"（同上，第 101 页）

皇家版《莎士比亚全集》译本凝聚了诸位译者的多少努力，也就不言而喻了。

翻译诗体分辨：不是分了行就是真正的诗

主张将莎士比亚剧作翻译成诗体成了共识，但是什么才是诗体，却缺乏共识。在白话诗盛行的时代，许多人只是简单地认定分了行的文字就是诗这个概念。分行只是一个初级的现代诗要求，甚至不必是必然要求，因为有些称为诗的文字甚至连分行形式都没有。不过，在莎士比亚作品的翻译上，要让译文具有诗体的特征，首先是必定要分行的，因为莎士比亚原作本身就有严格的分行形式。这个不用多说。但是译文按莎士比亚的方式分了行，只是达到了一个初级的低标准。莎士比亚的剧文读起来像不像诗，还大有讲究。

卞之琳先生对此是颇有体会的。他的译本是分行式诗体，但是他自己也并不认为他译出的莎士比亚剧本就是真正的诗体译本。他说：读者阅读他的译本时，"如果……不感到是诗体，不妨就当散文读，就用散文标准来衡量"。[1] 这是一个诚实的译者说出的诚实话。不过，卞先生很谦虚，他有许多剧文其实读起来还是称得上诗体的。原因是什么？原因是他注意到了笔者上文提到的两点：第一，诗的措辞；第二，诗的节奏。只不过他迫于某些客观原因，并没有自始至终侧重这方面的追求而已。

显然，一些译本翻译了莎士比亚的剧文，在行数上靠近莎士比亚原作，措辞也还流畅。这些是不是就是理想的诗体莎士比亚译本呢？笔者认为，这还不够。什么是诗，对于中国人来说有几千年的历史，我们不

1　卞之琳:《莎士比亚悲剧四种》，方志出版社，2007 年，第 4 页。

能脱离这个悠久的传统来讨论这个问题。为此，我们不得不重新提到一些基本概念：什么是诗？什么是诗歌翻译？

诗歌是语言艺术，诗歌翻译也就必须是语言艺术

讨论诗歌翻译必须从讨论诗歌开始。

诗主情。诗言志。诚然。但诗歌首先应该是一种精妙的语言艺术。同理，诗歌的翻译也就不得不首先表现为同类精妙的语言艺术。若译者的语言平庸而无光彩，与原作的语言艺术程度差距太远，那就最多只是原诗含义的注释性文字，算不得真正的诗歌翻译。

那么，何谓诗歌的语言艺术？

无他，修辞造句、音韵格律一整套规矩而已。无规矩不成方圆，无限制难成大师。奥运会上所有的技能比赛，无不按照特定的规矩来显示参赛者高妙的技能。德国诗人歌德（Johann Wolfgang von Goethe）《自然和艺术》（"Natur und Kunst"）一诗最末两行亦彰扬此理：

非限制难见作手，

唯规矩予人自由。[1]

艺术家的"自由"，得心应手之谓也。诗歌既为语言艺术，自然就有一整套相应的语言艺术规则。诗人应用这套规则时，一旦达到得心应手的程度，那就是达到了真正成熟的境界。当然，规矩并非一点都不可打破，但只有能够将规矩使用到随心所欲而不逾矩的程度的人，才真正有资格去创立新规矩，丰富旧规矩。创新是在承传旧规则长处的基础上来进行的，而不是完全推翻旧规则，肆意妄为。事实证明，在语言艺术上

---

1 In der Beschränkung zeigt sich erst der Meister, / Und das Gesetz nur kann uns Freiheit geben. 参见 http://www.business-it.nl/files/7d413a5dca62fc735a072f6bf050b1-27.php.

凡无视积淀千年的诗歌语言规则，随心所欲地巧立名目、乱行胡来者，
永不可能在诗歌语言艺术上取得大的成就，所以歌德认为：

> 若徒有放任习性，
> 则永难至境遨游。[1]

诗歌语言艺术如此需要规则，如此不可放任不羁，诗歌的翻译自然
也同样需要相类似的要求。这个要求就是笔者前面提出的主张：若原诗
是精妙的语言艺术，则理论上说来，译诗也应是同类精妙的语言艺术。

但是，"同类"绝非"同样"。因为，由于原作和译作使用的语言载
体不一样，其各自产生的语言艺术规则和效果也就各有各的特点，大多
不可同样复制、照搬。所以译作的最高目标，是尽可能在译入语的语言
艺术领域达到程度大致相近的语言艺术效果。这种大致相近的艺术效果
程度可叫作"最佳近似度"。它实际上也就是一种翻译标准，只不过针
对不同的文类，最佳近似度究竟在哪些因素方面可最佳程度地（并不一
定是最大程度地）取得近似效果，不是一成不变的，而是具有高度的灵
活性。不同的文类，甚至针对不同的受众，我们都可以设定不同的最佳
近似度。这点在拙著《中西诗比较鉴赏与翻译理论》（清华大学出版社，
2010 年）的相关章节中有详细的厘定，此不赘。

话与诗的关系：话不是诗

古人的口语本来就是白话，与现在的人说的口语是白话一个道理。

---

1 Vergebens werden ungebundene Geister / Nach der Vollendung reiner Höhe streben.
参 见 http://www.cosmiq.de/qa/show/3454062/Vergebens-werden-ungebundne-Geister-
Nach-der-Vollendung-reiner-Hoehe-streben-Was-ist-die-Bedeutung-dieser-2-Verse-Ich-komm-
nicht-drauf/t.

正因为白话太俗，不够文雅，古人慢慢将白话进行改进，使它更加规范、更加准确，并且用语更加丰富多彩，于是文言产生。在文言的基础上，还有更文的文字现象，那就是诗歌，于是诗歌产生。所以就诗歌而言，文言味实际上就是一种特殊的诗味。文言有浅近的文言，也有佶屈聱牙的文言。中国传统诗歌绝大多数是浅近的文言，但绝非口语、白话。诗中有话的因素，自不待言，但话的因素往往正是诗试图抑制的成分。

文言和诗歌的产生是低俗的口语进化到高雅、准确层次的标志。文言和诗歌的进一步发展使得语言的艺术性愈益增强。最终，文言和诗歌完成了艺术性语言的结晶化定型。这标志着古代文学和文学语言的伟大进步。《诗经》、楚辞、唐诗、宋词、元明戏曲，以及从先秦、汉、唐、宋、元至明清的散文等，都是中国语言艺术逐步登峰造极的明证。

人们往往忘记：话不是诗，诗是话的升华。话据说至少有**几十万年**的历史，而诗却只有**几千年**的历史。白话通过漫长的岁月才升华成了诗。因此，从理论上说，白话诗不是最好的诗，而只是低层次的、初级的诗。当一行文字写得不像是话时，它也许更像诗。"太阳落下山去了"是话，硬说它是诗，也只是平庸的诗，人人可为。而同样含义的"白日依山尽"不像是话，却是真正的诗，非一般人可为，只有诗人才写得出。它的语言表达方式与一般人的通用白话脱离开来了，实现了与通用语的偏离（deviation from the norm）。这里的通用语指人们天天使用的白话。试想把唐诗宋词译成白话，还有多少诗味剩下来？

谢谢古代先辈们一代又一代、不屈不挠的努力，话终于进化成了诗。

但是，20世纪初一些激进的中国学者鼓荡起一场声势浩大的白话文运动。

客观说来，用白话文来书写、阅读自然科学和人文科学文献，例如哲学、政治学、伦理学、经济学等等文献，这都是**伟大的进步**。这个进步甚至可以上溯到八百多年前朱熹等大学者用白话体文章传输理学思想。对此笔者非常拥护，非常赞成。

但是约一百年前的白话诗运动却未免走向了极端，事实上是一种语言艺术方面的倒退行为。已经高度进化的诗词曲形式被强行要求返祖回归到三千多年前的类似白话的状态，已经高度语言艺术化了的诗被强行要求退化成话。艺术性相对较低的白话反倒成了正统，艺术性较高的诗反倒成了异端。其实，容许口语类白话诗和文言类诗并存，这才是正确的选择。但一些激进学者故意拔高白话地位，在诗歌创作领域搞成白话至上主义，这就走上了极端主义道路。

这个运动影响到诗歌翻译的结果是什么呢？结果是西方所有的大诗人，不论是古代的还是近代的，如荷马（Homer）、但丁（Dante）、莎士比亚、歌德、雨果（Victor Hugo）、普希金（Alexander Pushkin）……都莫名其妙地似乎用同一支笔写出了 20 世纪初才出现的味道几乎相同的白话文汉诗！

将产生这种极端性结果的原因再回推，我们会清楚地明白，当年的某些学者把文学艺术简单雷同于人文社会科学，误解了文学艺术，尤其是诗歌艺术的特殊性质，误以为诗就是话，混淆了诗与话的形式因素。

针对莎士比亚戏剧诗的翻译对策

由上可知，莎士比亚的剧文既然大多是格律诗，无论有韵无韵，它们都是诗，都有格律性。因此在汉译中，我们就有必要显示出它具有格律性，而这种格律性就是诗性。

问题在于，格律性是附着在语言形式上的；语言改变了，附着其上的格律性也就大多会消失。换句话说，格律大多不可复制或模仿，这就正如用钢琴弹不出二胡的效果，用古筝奏不出黑管的效果一样。但是，原作的内在旋律是可以模仿的，只是音色变了。原作的诗性是可以换个形式营造的，这就是利用汉语本身的语言特点营造出大略类似的语言艺术审美效果。

由于换了另外一种语言媒介，原作的语音美设计大多已经不能照搬、复制，甚至模拟了，那么我们就只好断然舍弃掉原作的许多语音美设计，而代之以译入语自身的语言艺术结构产生的语音美艺术设计。当然，原作的某些语音美设计还是可以尝试模拟保留的，但在通常的情况下，大多数的语音美已经不可能传输或复制了。

利用汉语本身的语音审美特点来营造莎士比亚诗歌的汉译语音审美效果，是莎士比亚作品翻译的一个有效途径。机械照搬原作的语音审美模式多半会失败，并且在大多数的场合下也没有必要。

具体说来，这就涉及翻译莎士比亚戏剧作品时该如何处理：1）节奏；2）韵律；3）措辞。笔者主张，在这三个方面，我们都可以适当借鉴利用中国古代词曲体的某些因素。戏剧剧文中的诗行一般都不宜多用单调的律诗和绝句体式。元明戏剧为什么没有采用前此盛行的五言或七言诗行而采用了长短错杂、众体皆备的词曲体？这是一种艺术形式发展的必然。元明曲体由于要更好更灵活地满足抒情、叙事、论理等诸多需要，故借用发展了词的形式，但不是纯粹的词，而是融入了民间语汇。词这种形式涵盖了一言、二言、三言、四言、五言、六言、七言、八言……乃至十多言的长短句式，因此利于表达变化莫测的情、事、理。从这个意义上看，莎士比亚剧文语言单位的参差不齐状态与中文词曲体句式的参差不齐状态正好有某种相互呼应的效果。

也许有人说，莎士比亚的剧文虽然是格律诗，但并不怎么押韵，因此汉诗翻译也就不必押韵。这个说法也有一定道理，但是道理并不充实。

首先，我们应该明白，既然莎士比亚的剧文是诗体，人们读到现今的散体译文或不押韵的分行译文却难以感受到其应有的诗歌风味，原因即在于其音乐性太弱。如果人们能够照搬莎士比亚素体诗所惯常用的音步效果及由此引起的措辞特点，当然更好。但事实上，原作的节奏效果是印欧语系语言本身的效果，换了一种语言，其效果就大多不能搬用了，所以我们只好利用汉语本身的优势来创造新的音乐美。这种音乐美很难说是原作的音乐美，但是它毕竟能够满足一点：即诗体剧文应该具有诗歌应有的音乐美这个起码要求。而汉译的押韵可以强化这种音乐美。

其次，莎士比亚的剧文不押韵是由诸多因素造成的。第一，属于印欧语系语言的英语在押韵方面存在先天的多音节不规则形式缺陷，导致押韵词汇范围相对较窄。所以对于英国诗人来说，很苦于押韵难工；莎士比亚的许多押韵体诗，例如十四行诗，在押韵方面都不很工整。其次，莎士比亚的剧文虽不押韵，却在节奏方面十分考究，这就弥补了音韵方面的不足。第三，莎士比亚的剧文几乎绝大多数是诗行，对于剧作者来说，每部长达两三千行的诗行行都要押韵，这是一个极大的挑战，很难完成。而一旦改用素体，剧作者便会轻松得多。但是，以上几点对于汉语译本则不是一个问题。汉语的词汇及语音构成方式决定了它天生就是一种有利于押韵的艺术性语言。汉语存在大量同韵字，押韵是一件很容易的事情。汉语的语音音调变化也比莎士比亚使用的英语的音调变化空间大一倍以上。汉语音调至少有四种（加上轻重变化可达六至八种），而英语的音调主要局限于轻重语调两种，所以存在于印欧语系文字诗歌中的频频押韵有时会产生的单调感，在汉语中会在很大程度上由于语调的多变而得到缓解。故汉语戏剧剧文在押韵方面有很大的潜在优势空间，实际上元明戏剧剧文频频押韵就是证明。

第三，莎士比亚的剧文虽然很多不押韵，但却具极强的节奏感。他惯用的格律多半是抑扬格五音步（iambic pentameter）诗行。如果我们在节奏方面难以传达原作的音美，或者可以通过韵律的音美来弥补节奏美的丧失，这种翻译对策谓之堤内损失堤外补，亦谓失之东隅，收之桑榆。我们的语言在某方面有缺陷，可以通过另一方面的优点来弥补。当然，笔者主张在一定程度上借鉴利用传统词曲的风味，却并不主张使用宋词、元曲式的严谨格律，而只是追求一种过分散文化和过分格律化之间的妥协状态。有韵但是不严格，要适当注意平仄，但不过多追求平仄效果及诗行的整齐与否；不必有太固定的建行形式，只是根据诗歌本身的内容和情绪赋予适当的节奏与韵式。在措辞上则保持与白话有一段距离，但是绝非佶屈聱牙的文言，而是趋近典雅、但普通读者也能读懂的语言。

最后，根据翻译标准多元互补论原理，由于莎士比亚作品在内容、形式及审美效应方面具有多样性，因此，只用一种类乎纯诗体译法来翻译所有的莎士比亚剧文，也是不完美的，因为单一的做法也许无形中堵塞了其他有益的审美趣味通道。因此，这套译本的译风虽然整体上强调诗化、诗味，但是在营造诗味的途径和程度上不是单一的。我们允许诗体译风的灵活性和创新性。多译者译法实际上也是在探索诗体译法的诸多可能性，这为我们将来进一步改进这套译本铺垫了一条较宽的道路。因此，译文从严格押韵、半押韵到不押韵的各个程度，译本都有涉猎。但是，无论是否押韵，其节奏和措辞应该总是富于诗意，这个要求则是统一的。这是我们对皇家版《莎士比亚全集》译本的语言和风格要求。不能说我们能完全达到这个目标，但我们是往这个方向努力的。正是这样的努力，使这套译本与前此译本有很大的差异，在一定的意义上来说，标志着中国莎士比亚著作翻译的一次大转折。

翻译突破：还原莎士比亚作品禁忌区域

另有一个课题是中国学者从前讨论得比较少的禁忌领域，即莎士比亚著作中的性描写现象。

　　许多西方学者认为，莎士比亚酷爱色情字眼，他的著作渗透着性描写、性暗示。只要有机会，他就总会在字里行间，用上与性相联系的双关语。西方人很早就搜罗莎士比亚著作的此类用语，编纂了莎士比亚淫秽用语词典。这类词典还不止一种。1995 年，我又看到弗朗基·鲁宾斯坦（Frankie Rubinstein）等编纂了《莎士比亚性双关语释义词典》（*A Dictionary of Shakespeare's Sexual Puns and Their Significance*），厚达372 页。

　　赤裸裸的性描写或过多的淫秽用语在传统中国文学作品中是受到非议的，尽管有《金瓶梅》这样被判为淫秽作品的文学现象，但是中国传统的主流舆论还是抑制这类作品的。莎士比亚的作品固然不是通常意义上的淫秽作品，但是它的大量实际用语确实有很强的色情味。这个极鲜明的特点恰恰被前此的所有汉译本故意掩盖或在无意中抹杀掉。莎士比亚的所有汉译者，尤其是像朱生豪先生这样的译者，显然不愿意中国读者看到莎士比亚的文笔有非常泼辣的大量使用性相关脏话的特点。这个特点多半都被巧妙地漏译或改译。于是出现一种怪现象，莎士比亚著作中有些大段的篇章变成汉语后，尽管读起来是通顺的，读者对这些话语却往往感到莫名其妙。以《罗密欧与朱丽叶》第一幕第一场前面的 30 行台词为例，这是凯普莱特家两个仆人山普孙与葛莱古里之间的淫秽对话。但是，读者阅读过去的汉译本时，很难看到他们是在说淫秽的脏话，甚至会认为这些对话只是仆人之间的胡话，没有什么意义。

　　不过，前此的译本对这类用语和描写的态度也并不完全一样，而是依据年代距离在逐步改变。朱生豪先生的译本对这些东西删除改动得最多，梁实秋先生已经有所保留，但还是有节制。方平先生等的译本保留得更多一些，但仍然持有相当的保留态度。此外，从英语的不同版本看，有的版本注释得明白，有的版本故意模糊，有的版本注释者自己也没有弄懂这些双关语，那就更别说中国译者了。

在这一点上，我们目前使用的皇家版《莎士比亚全集》是做得最好的。

那么，我们该怎样来翻译莎士比亚的这种用语呢？是迫于传统中国道德取向的习惯巧妙地回避，还是尽可能忠实地传达莎士比亚的本真用意？我们认为，前此的译本依据各自所处时代的中国人道德价值的接受状态，采用了相应的翻译对策，出现了某种程度的曲译，这是可以理解的，是特定历史条件下的产物。但是，历史在前进，中国人的道德观已经有了很大的改变，尤其是在性禁忌领域。说实话，无论我们怎样真实地还原莎士比亚著作中的性双关描写，比起当代文学作品中有时无所忌讳的淫秽描写来，莎士比亚还真是有小巫见大巫的感觉。换句话说，目前中国人在这方面的外来道德价值接受状态，已经完全可以接受莎士比亚著作中的性双关用语了。因此，我们的做法是尽可能真实还原莎士比亚性相关用语的现象。在通常的情况下，如果直译不能实现这种现象的传输，我们就采用注释。可以说，在这方面，目前这个版本是所有莎士比亚汉译本中做得最超前的。

译法示例

莎士比亚作品的文字具有多种风格，早期的、中期的和晚期的语言风格有明显区别，悲剧、喜剧、历史剧、十四行诗的语言风格也有区别。甚至同样是悲剧或喜剧，莎士比亚的语言风格往往也会很不相同。比如同样是属于悲剧，《罗密欧与朱丽叶》剧文中就常常有押韵的段落，而大悲剧《李尔王》却很少押韵；同样是喜剧，《威尼斯商人》是格律素体诗，而《快乐的温莎巧妇》却大多是散文体。

与此现象相应，我们的翻译当然也就有多种风格。虽然不完全一一对应，但我们有意避免将莎士比亚著作翻译成千篇一律的一种文体。从这个意义上说，皇家版《莎士比亚全集》汉译本在某些方面采用了全新的译法。这种全新译法不是孤立的一种译法，而是力求展示多种翻译风格、多种审美尝试。多样化为我们将来精益求精提供了相对更多的选择。如果现在固定为一种单一的风格，那么将来要想有新的突破，就困难了。概括说来，我们的多种翻译风格主要包括：1）有韵体诗词曲风味译法；2）有韵体现代文白融合译法；3）无韵体白话诗译法。下面依次选出若干相应风格的译例，供读者和有关方面品鉴。

一、有韵体诗词曲风味译法

有韵体诗词曲风味译法注意使用一些传统诗词曲中诗味比较浓郁的词汇，同时注意遣词不偏僻，节奏比较明快，音韵也比较和谐。但是，它们并不是严格意义上的传统诗词曲，只是带点诗词曲的风味而已。例如：

女巫甲 何时我等再相逢？

闪电雷鸣急雨中？

女巫乙 待到硝烟烽火静，

沙场成败见雌雄。

女巫丙 残阳犹挂在西空。 　　　　（《麦克白》第一幕第一场）

小丑甲 当时年少爱风流，

有滋有味有甜头；

行乐哪管韶华逝，

天下柔情最销愁。 　　　（《哈姆莱特》第五幕第一场）

朱丽叶　天未曙，罗郎，何苦别意匆忙？

鸟音啼，声声亮，惊骇罗郎心房。

休听作破晓云雀歌，只是夜莺唱，

石榴树间，夜夜有它设歌场。

信我，罗郎，端的只是夜莺轻唱。

罗密欧　不，是云雀报晓，不是莺歌，

看东方，无情朝阳，暗洒霞光，

流云万朵，镶嵌银带飘如浪。

星斗如烛，恰似残灯剩微芒，

欢乐白昼，悄然驻步雾嶂群岗。

奈何，我去也则生，留也必亡。

朱丽叶　听我言，天际微芒非破晓霞光，

只是金乌，吐射流星当空亮，

似明炬，今夜为郎，朗照边邦，

何愁它曼托瓦路，漫远悠长。

且稍待，正无须行色皇皇仓仓。

罗密欧　纵身陷人手，蒙斧钺加诛于刑场；

只要这勾留遂你愿，我欣然承当。

让我说，那天际灰朦，非黎明醒眼，

乃月神眉宇，幽幽映现，淡淡辉光；

那歌鸣亦非云雀之讴，哪怕它

嚣然振动于头上空冥，嘹亮高亢。

我巴不得栖身此地，永不他往。

来吧，死亡！倘朱丽叶愿遂此望。

如何，心肝？畅谈吧，趁夜色迷茫。

（《罗密欧与朱丽叶》第三幕第五场）

二、有韵体现代文白融合译法

有韵体现代文白融合译法的特点是：基本押韵，措辞上白话与文言尽量能够水乳交融；充分利用诗歌的现代节奏感，俾便能够念起来朗朗上口。例如：

哈姆莱特 死，还是生？这才是问题根本：

莫道是苦海无涯，但操戈奋进，

终赢得一片清平；或默对逆运，

忍受它箭石交攻，敢问，

两番选择，何为上乘？

死灭，睡也，倘借得长眠

可治心伤，愈千万肉身苦痛痕，

则岂非美境，人所追寻？死，睡也，

睡中或有梦魇生，唉，症结在此；

倘能撒手这碌碌凡尘，长入死梦，

又谁知梦境何形？念及此忧，

不由人踌躇难定：这满腹疑情

竟使人苟延年命，忍对苦难平生。

假如借短刀一柄，即可解脱身心，

谁甘愿受人世的鞭挞与讥评，

强权者的威压，傲慢者的骄横，

失恋的痛楚，法律的耽延，

官吏的暴虐，甚或默受小人

对贤德者肆意拳脚加身？

谁又愿肩负这如许重担，

流汗、呻吟，疲于奔命，

倘非对死后的处境心存疑云，

惧那未经发现的国土从古至今
无孤旅归来，意志的迷惘
使我辈宁愿忍受现世的忧闷，
而不敢飞身投向未知的苦境？
前瞻后顾使我们全成懦夫，
于是，本色天然的决断决行，
罩上了一层思想的惨淡余阴，
只可惜诸多待举的宏图大业，
竟因此如逝水忽然转向而行，
失掉行动的名分。　　　　　（《哈姆莱特》第三幕第一场）

麦克白　　若做了便是了，则快了便是好。
　　　　　若暗下毒手却能横超果报，
　　　　　割人首级却赢得绝世功高，
　　　　　则一击得手便大功告成，
　　　　　千了百了，那么此际此宵，
　　　　　身处时间之海的沙滩、岸畔，
　　　　　何管它来世风险逍遥。但这种事，
　　　　　现世永远有裁判的公道：
　　　　　教人杀戮之策者，必受杀戮之报；
　　　　　给别人下毒者，自有公平正义之手
　　　　　让下毒者自食盘中毒肴。　　　（《麦克白》第一幕第七场）

损神，耗精，愧煞了浪子风流，
都只为纵欲眠花卧柳，
阴谋，好杀，赌假咒，坏事做到头；

心毒手狠，野蛮粗暴，背信弃义不知羞。
才尝得云雨乐，转眼意趣休。
舍命追求，一到手，没来由
便厌腻个透。呀恰，恰像是钓钩，
但吞香饵，管教你六神无主不自由。
求时疯狂，得时也疯狂，
曾有，现有，还想有，要玩总玩不够。
适才是甜头，转瞬成苦头。
求欢同枕前，梦破云雨后。
唉，普天下谁不知这般儿歹症候，
却避不得便往这通阴曹的天堂路儿上走！

（十四行诗第一百二十九首）

三、无韵体白话诗译法

无韵体白话诗译法的特点是：虽然不押韵，但是译文有很明显的和谐节奏，措辞畅达，有诗味，明显不是普通的口语。例如：

贡妮芮　父亲，我爱您非语言所能表达；
　　　　胜过自己的眼睛、天地、自由；
　　　　超乎世上的财富或珍宝；犹如
　　　　德貌双全、康强、荣誉的生命。
　　　　子女献爱，父亲见爱，至多如此；
　　　　这种爱使言语贫乏，谈吐空虚：
　　　　超过这一切的比拟——我爱您。（《李尔王》第一幕第一场）

李尔　　国王要跟康沃尔说话，慈爱的父亲
　　　　要跟他女儿说话，命令、等候他们服侍。

这话通禀他们了吗？我的气血都飙起来了！
火爆？火爆公爵？去告诉那烈性公爵——
不，还是别急：也许他是真不舒服。
人病了，常会疏忽健康时应尽的
责任。身子受折磨，
逼着头脑跟它受苦，
人就不由自主了。我要忍耐，
不再顺着我过度的轻率任性，
把难受病人偶然的发作，错认是
健康人的行为。我的王权废掉算了！
为什么要他坐在这里？这种行为
使我相信公爵夫妇不来见我
是伎俩。把我的仆人放出来。
去跟公爵夫妇讲，我要跟他们说话，
现在就要。叫他们出来听我说，
不然我要在他们房门前打起鼓来，
不让他们好睡。　　　　　（《李尔王》第二幕第二场）

奥瑟罗　诸位德高望重的大人，
　　　　我崇敬无比的主子，
　　　　我带走了这位元老的女儿，
　　　　这是真的；真的，我和她结了婚，说到底，
　　　　这就是我最大的罪状，再也没有什么罪名
　　　　可以加到我头上了。我虽然
　　　　说话粗鲁，不会花言巧语，
　　　　但是七年来我用尽了双臂之力，

直到九个月前，我一直
都在战场上拼死拼活，
所以对于这个世界，我只知道
冲锋向前，不敢退缩落后，
也不会用漂亮的字眼来掩饰
不漂亮的行为。不过，如果诸位愿意耐心听听，
我也可以把我没有化装掩盖的全部过程，
一五一十地摆到诸位面前，接受批判：
我绝没有用过什么迷魂汤药、魔法妖术，
还有什么歪门邪道——反正我得到他的女儿，
全用不着这一套。　　　　　　（《奥瑟罗》第一幕第三场）

目 录

《终成眷属》导言

  《终成眷属》是上演次数最少、叫座程度最低的莎士比亚喜剧之一，也是莎士比亚剧作中最为引人入胜、最具现代魅力的作品之一。该剧呈现了对立价值体系之间的相互斗争和冲突：抽象规范与物质利益相矛盾，言词话语与实际行为相背离，一代人与另一代人相抵牾，一场两性之间的战争弥漫上演。

  表现男女关系的语言和表现战争的语言自始至终相互交织。在关于睡房、宫廷和战场的人物对话中，作者以同样的着笔力度呈现了一个关键词："荣耀"。与莎士比亚喜剧通常所营造出的绿色纯净世界相比，该剧的氛围迥异。同伊丽莎白一世（Queen Elizabeth I）统治末期至詹姆斯一世（James I）在位前期所诞生的另外三部莎士比亚戏剧——《特洛伊罗斯与克瑞西达》（*Troilus and Cressida*）、《奥瑟罗》（*Othello*）和《一报还一报》（*Measure for Measure*）一样，《终成眷属》以更为灰暗的视角审视人性，其关切聚焦之处令人更加不安。

  在剧本第一场中，贞节被帕洛描述为女性用于抵抗的武器。但是男性则会将其围困，"埋下深雷"，并将敌人"炸开个花"——即让女性怀孕。与荣耀一样，贞节在不同的人眼中或为神秘的财富，或为诚信的标志，或为一种可售的商品，或为一种虚无之物。在传统观念看来，这本是女子应该悉心保存的东西。不过，这部剧本却充满了带有缺陷的谚语和道德格言，被身体的欲望所"轰炸"。莎士比亚笔下最愤世嫉俗、最淫邪好色的小丑拉瓦契随时提醒着我们这一点。他说，"在下乃是受肉体之驱使"，言下之意即两性之间的故事可归结为"蒂卜给汤姆食指戴上的芦草指环"。"蒂卜"是娼妓的常用名，"芦草指环"是用芦草简单编织而成的结婚戒指，不过女性的"环"同时也是她被男性下体所穿透而过的部位。

勃特拉姆说："战争不会带来丝毫的痛苦与折磨，/ 比死气沉沉的屋子和面目可憎的老婆畅快得多。"对于一个正追求一番事业的年轻人而言，老婆无异于"累赘"，一块用来拴住动物避免其逃跑的木头。帕洛也以他标志性的混乱台词道出了同样的感受：

> 哦，你看看便知。到战场去吧，伙计！到战场去！
> 本应骑上飞奔的战马，在疆场纵横驰骋，一骑千里。
> 却偏偏安居在温柔乡里，拥抱着娇躯嫩体。
> 将男人的骨髓白白消磨在她的怀里，
> 好比将功名荣耀埋藏进深处的匣具。
> 快快离开故里，到其他地方去！
> 法兰西就如同马厩一处，全都是年老力衰的马匹。
> 所以，请到战场上去！

"娇躯嫩体"是对妻子的蔑称，"深处的匣具"是指阴道，"骨髓"则指男性的精华之气（根据古代生理学，精子是从脊椎的骨髓中提炼而来）。帕洛表示，一个真正的男人，应该具备战神玛尔斯（Mars）的精神，骑上"飞奔的战马"赶赴战场而去。而待在家里的人则无异于母马，只会做一些繁衍后代和两性享乐之事（"年老力衰的马匹"是另一个表示"娼妓"的俚语）。

就其对年轻人及其成长过程的描述而言，《终成眷属》无疑是一部主流意义上的喜剧。勃特拉姆具有一切时代大多数年轻人的共同特征：他想要成就一番事业，证明自己的男性气概，参军打仗则为他提供了理想的机会。在这个过程中，他想要放纵一下自己的身体欲望，却没有做好成婚的准备。批评家对他嗤之以鼻，因为他并没有从一开始就爱上出身贫寒却令人喜爱的海伦。约翰逊博士（Dr Johnson）[1] 以他特有的坦率和直接写道："我的内心无法接受勃特拉姆，他出身显贵却心胸狭隘，年纪轻轻却虚假伪善。他因迫于压力，无奈与海伦成亲，抛妻弃家之后又作风不检。在她因他的无情无义而假作亡故之后，他却溜回家准备再婚。在被自己辜负过的人告发之后，他以一时糊涂为理由为自己辩护，却最终获得了幸福。"诚然，勃特拉姆起初以海伦出身低微为由拒绝与她成婚，其势利令人痛恨，但当他接着表示自己根本不爱后者时，却体现出几分诚实。他屈从于国王的旨意与之成婚，但由于内心并不归属于她，拒绝与之肌肤相亲。如果是一名女性被迫以这样一种方式进入婚姻，我们则会十分钦佩她拒绝丈夫房事要求的勇气。

勃特拉姆代表着现代性，因为他以一种存在主义的原则来为人处事：他跟随自我，而不是服从于一些先在的义务教条，也并不屈从于对国君的义务和对家族长辈的责任。这种行为方式可以形容为诚实，但也可形容为自私。了解、容忍并仍然原谅自己子女的自私则是老一辈人，特别是母亲们的权利。勃特拉姆的母亲，即丧夫的罗西昂伯爵夫人，像对待自己的女儿一般对待孤儿海伦。尽管后者出身卑微，她却非常乐意接受

1　约翰逊博士，即塞缪尔·约翰逊（Samuel Johnson, 1709—1784），英国诗人、评论家、散文家和辞典编纂者。——译者附注

其做自己的儿媳。由此罗西昂伯爵夫人被萧伯纳（Bernard Shaw）描述为"有史以来最美丽的老年妇人角色"（尽管她很可能只有四十几岁）。因为当时的女性角色都是为年轻男性演员而写，这种带有强烈母性色彩的角色在莎士比亚剧作中当属少见。与之类似的角色只有《亨利六世》（*Henry VI*）中更加专横傲慢的玛格丽特王后（Queen Margaret）、《泰特斯·安德洛尼克斯》（*Titus Andronicus*）中的鞑魔拉（Tamora），以及《科利奥兰纳斯》（*Coriolanus*）中的伏伦妮娅（Volumnia）。伯爵夫人的娴静为伊迪丝·埃文斯（Edith Evans）、佩姬·阿什克罗夫特（Peggy Ashcroft）和朱迪·丹奇（Judi Dench）等女演员提供了在晚期演艺生涯展示演技的机会，而这也是《终成眷属》在当代戏剧舞台焕发生机的一大原因。

　　该剧的主要矛盾冲突之一存在于先天本性和后天教化之间。罗西昂伯爵夫人认为其儿子在本质上是一个不错的孩子，只是受到了不良友伴，亦即无耻的帕洛的影响。另一方面，海伦则带有强烈的先天本性（"她承袭父辈品质，天性温润淳善"），并且由于在富有爱心和责任心的后天环境中长大，其本性更加淳善（她所接受的"教化"最先来自从医的父亲，之后来自伯爵夫人府里）。

　　与先天本性和后天教化问题同时呈现出来的，还有上天眷顾和个人责任之间关系的问题。海伦相信，"世间万事本由凡人所主宰，/却偏偏归结为上天之安排"。与勃特拉姆一样，她也是现代性的代表，因为她相信个人能够掌控自己的命运。她对自己命运的掌控体现在她乔装打扮，英勇无畏孤身远行：从法国西南部的罗西昂抵达巴黎，获准面见法国国王，然后扮作前往孔波斯泰拉的朝觐者抵达佛罗伦萨。如同《维洛那二绅士》（*The Two Gentlemen of Verona*）中的朱利娅（Julia）、《皆大欢喜》（*As You Like It*）中的罗瑟琳（Rosalind）以及《第十二夜》（*Twelfth Night*）中的薇奥拉（Viola）一样，她利用装扮过后的自己来诉说真实情感。此处是整部戏剧中最长的部分，为演员提供了绝佳的表现机会，以简洁而委婉的诗体独白或诗体对话形式，对一名孤身独行的年轻女子的自我剖析进行了刻画，更不必说剧中散文形式的戏谑段落以及一些洞察人心的旁白了。

正如约翰逊博士冷言指出的那样，海伦朝觐之旅的地理路线似乎有一些偏差：从法国取道意大利前往西班牙，她"似乎有些偏离了正道"。这些细节对莎士比亚来说无关紧要。朝觐主题是从该剧的主要情节来源——薄伽丘（Boccaccio）[1]的故事中借鉴而来。对莎士比亚而言，这一主题具有象征意义，因为它将海伦与敬畏和自我牺牲这一传统价值结构联系在一起，即便她在此过程中是在维护自己的意愿。朝觐者是相信奇迹的，因此，海伦扮演这一角色使自己和一种世界观联系起来。关于这种世界观，老臣拉佛在她治愈国王的疾病之后说道："人们常说奇迹只属于过去。而我们现在却有一批深悟造化精髓之人，能够将奇妙玄奥之事化解为平凡无奇。有其相助，我们得以无视恐惧。在本应向未知的恐惧低头的时候，却可以倚仗所谓的知识，增加我们的勇气。"

然而，海伦只是假扮的朝觐者，国王的疾病也并非被奇迹治愈，而是被她从父亲那里学来的医学知识除去。该剧一次又一次地将童话主题带向现实和世俗方向，提供了哲学讨论的空间。拉佛的总结为勃特拉姆拒绝海伦那场戏奠定了主要基调。无条件遵守国王意旨这一观念本身也成为一种"奇妙玄奥"的东西。它取决于一种"未知的恐惧"，即王权的神秘性：国王是上帝在尘世的代表，并且，挑战国王将导致整个自然秩序体系的崩溃。接近剧尾有一处重要的押韵双行诗，经常被辑注者认为出自罗西昂伯爵夫人之口，尽管这一点毫无文本根据。此处，国王表示，

---

1 即乔瓦尼·薄伽丘（Giovanni Boccaccio, 1313—1375），意大利文艺复兴时期作家、诗人。——译者附注

因为他对勃特拉姆第一次婚姻的指配已经失败，第二次必须成功，否则连"造化"都会"无力"。

莎士比亚本能的保守主义使他倾向于传统秩序。国王、伯爵夫人和老臣都仁慈慷慨，道德完善，令人敬佩，明显比勃特拉姆、帕洛和拉瓦契更让人认同。勃特拉姆被算计，其占有女性的自私欲望没能得逞。帕洛也被算计，其虚荣自负的真面目被揭穿。但是，作为角色布局者和语言艺术家的莎士比亚仍然在灰暗人物身上花费了大量精力。他利用这些人物在既成秩序之中拉开道道裂痕。国王告诫勃特拉姆，评价海伦应该看她的内在，而不应该看财富和阶层等外在的附属之物："判善断恶，需听其言，观其行，/不由身世贵贱所决定。"然而，国王本人的权威就来自他自己的身世名号。而"听其言，观其行"或许也转而在暗示勃特拉姆，如果他不爱海伦，则不必与之成婚。国王随即从讲道理变为赤裸裸地下达权威命令："此事于我信誉攸关，为使信誉无害，/我不得不行使自己的权力。"莎士比亚用极为凝练的写作风格说明了这一点。所谓"为使信誉无害"，国王是想表达"为使自己的信誉不受损害"，但讽刺的是，正是行使自己的"权力"本身却损害了信誉的规范。如同莎士比亚较为灰暗的剧本中常见的一样，尼科洛·马基雅弗利（Niccolò Machiavelli）[1]一直潜伏在阴影之处悄声指挥，提示荣耀和责任等美好的传统道德规范只能让位于赤裸裸的权力。

宣称自我主义这一新兴道德规范的人就得按此规范行事。勃特拉姆和帕洛都被揭发。两位大臣迪迈纳兄弟俩不仅是俘虏和床计这两处情节的关键人物，而且评论了被揭发者如何最终实现对自我的认识："我们只不过是肉眼凡胎，没有上帝的帮助，算不上任何东西！/人类完全是在自

1　尼科洛·马基雅弗利（1469—1527），意大利文艺复兴时期重要人物，著有《君主论》（The Prince）。——译者附注

己加害自己。"两位迪迈纳也是年轻人，也具有现代性。他们意识到，我们不能根据极端的宗教旨意把人类简单地划分为善与恶。相反，他们指出，人生呈现出灰色地带："人生就像一块由不同丝线编织成的布匹，善与恶相交缠。善行，若不受到过失的鞭笞警示，会变得傲慢无边；恶举，若不受到善念的安慰鼓励，也会变得自暴自弃。"对于由诸多迥异元素编织而成的莎士比亚悲喜剧而言，这句话道出了其主题所在。

帕洛最终承认自己言辞浮夸，他自称："我因生性善言，自能运用自如，左右逢源。"如他的名字所示，他除了言辞别无所能。不过，这又意味着什么呢？另一方面，勃特拉姆只是在失去海伦之后才认识到她的巨大价值。喜剧的情节给了他第二次与她相爱的机会。不过，在没有奇迹出现的现代社会，"有情之人终成眷属"只不过是一种虚构。在剧情发展过程中，我们不止一次被承诺，说所有一切都会圆满终结。但当剧情来到高潮，国王却说，"结局似皆大欢喜"，并表示"有情之人若能终成眷属"，也就不枉费遭受的所有痛苦。"似"、"若"这些微妙的条件性限定词为悲剧的世界留下了一扇未关闭的门。

参考资料

剧情：海伦，一名医师的遗女，由丧夫的罗西昂伯爵夫人收养。由于爱上了伯爵夫人的儿子勃特拉姆，海伦随之来到王宫，治愈了身染疾病、命在旦夕的法国国王。作为赏赐，国王允诺她任意挑选一人做自己的丈夫。她指名勃特拉姆，被拒。当迫于国王的权威答应成婚后，勃特拉姆拒绝与海伦同房，并与浮夸吹嘘成性的帕洛一道前往意大利战场。他表示，只有海伦得到自己手上的指环，并且怀上自己的孩子，才会接受她做妻子。海伦乔装打扮成一名朝觐者前往意大利，并提出代替狄安娜——勃特拉姆试图诱奸的一名寡妇的女儿——上演一出"床计",终达到了勃特拉姆提出的所有条件。而另一出"俘虏绑架之计"则羞辱了浮夸吹嘘的帕洛。最终,勃特拉姆别无选择,只得与海伦成婚,这令他的母亲深感欣慰。

主要角色:(列有台词行数百分比/台词段数/上场次数)海伦(16%/109/12),帕洛(13%/141/11),法国国王(13%/87/4),伯爵夫人(10%/86/7),勃特拉姆(9%/102/10),拉佛(9%/97/7),拉瓦契(7%/58/6),迪迈纳兄弟之大臣甲(5%/70/7),迪迈纳兄弟之大臣乙(4%/47/6),狄安娜(4%/44/4),兵士甲/翻译(3%/37/2),寡妇(2%/21/5)。

语体风格:诗体约占 55%,散体约占 45%。

创作年代:无客观证据可证明该剧创作或初次上演于何时。根据其文体风格以及与《一报还一报》的近似程度而言,该剧通常被视为詹姆斯一世统治早期(1603—1606 年)的作品。其中有几处反清教徒的讥讽之言,不过对确定其确切年代并无帮助。

取材来源:主要情节来自乔瓦尼·薄伽丘的《十日谈》(*Decameron*,意大利文,14 世纪),参考了威廉·佩因特(William Painter)的英文译本《娱乐之宫》(*The Palace of Pleasure*,1566 年)中的译述。伯爵夫人和拉佛为莎士比亚个人原创。帕洛也为原创人物,他代表着古典喜剧中吹嘘浮夸的兵士这一传统;与这一人物类型类似的还有《亨利四世》(*Henry IV*)中的福斯塔夫(Falstaff)以及本·琼森(Ben Jonson)《人人高兴》(*Every Man in his Humour*)中的勃巴蒂长官(Captain Bobadil)等伊丽莎白时期的著名戏剧人物。

文本： 1623 年的第一对开本是此剧早期唯一的印刷版本。说话对象错标、台词前的人物姓名重复、姓名前后不一以及可能的台词错位等诸多特征表明，莎士比亚手稿书写不清，从而导致了印刷商的混淆。剧本中体现出的作者最初想法的痕迹表明它受到莎士比亚工作底稿的影响，而音乐方面的提示语则表明其受到剧院提词本的影响。在诸多的文本问题中，最令人费解的在于迪迈纳两兄弟，他们在剧中有许多不同称呼，如"1 大臣 G."和"2 大臣 E."，"法兰西人 E."和"法兰西人 G."，"长官 G."和"长官 E."。其中的首字母有时被认为是用于指代演员姓名。莎士比亚有时候似乎忘记了"G."代表"1"、"E."代表"2"，还是与之相反。这意味着，在一些问题上存在人物混淆，例如，兄弟二人谁筹划了俘虏帕洛，当勃特拉姆试图诱奸狄安娜时又是谁与他在一起。我们所采取的解决方式是在剧情上保持连贯，同时只对对开本的对白人物作最轻微的改动。

乔纳森·贝特（Jonathan Bate）

终成眷属

勃特拉姆，罗西昂伯爵

罗西昂**伯爵夫人**，勃特拉姆之母

海伦（有时称作海丽娜），伯爵夫人收养之孤女

雷纳尔多，伯爵夫人管家

拉瓦契，伯爵夫人府中小丑

帕洛，勃特拉姆之侍从，好浮夸吹嘘

法国国王

拉佛，法国宫廷老臣

法国宫廷**群臣**，含一名驭鹰人

迪迈纳兄弟之**大臣甲**　　在佛罗伦萨战争中
迪迈纳兄弟之**大臣乙**　　担任军官的两兄弟

兵士甲，充任翻译

佛罗伦萨**公爵**

寡妇，来自佛罗伦萨卡必来特家族

狄安娜，寡妇之女

玛利安娜，寡妇之友

众贵族、侍从（含侍童一名）、兵士及佛罗伦萨民众

第一幕

第一场 / 第一景

罗西昂[1]

年轻的罗西昂伯爵勃特拉姆、其母罗西昂伯爵夫人、海丽娜[2]与老臣拉佛[3]上，均服丧

伯爵夫人　如今我儿离我远行，我如再尝葬夫之痛。

勃特拉姆　母亲，小儿如今离家而行，也有如再垂丧父之泪。唯小儿承蒙君上庇护之恩，身负为臣应尽之责，理当尽忠君上差遣之事。

拉佛　君上素来王恩广布，来日面见君上，夫人必能感沐先夫在世之礼遇，爵爷也能感逢先父在世之慈爱。夫人福德深厚，即便遭遇薄情寡义之人，亦能感而化之，使其生善念，行善举。何况以君上之宽厚，王恩必当浩荡而来。

伯爵夫人　君上有恙在身，不知圣体康复是否有望？

拉佛　夫人哪，他早已断绝了听医用药的念头，因为医药只是枉设康复之幻象，除了消磨时日，幻象随之破灭，此外别无益处。

伯爵夫人　这个小姑娘曾有位父亲——唉，奈何逝者已去，不得复生！——其人医德医技齐俊双馨，倘若天假以年，必能使天下苍生永寿，地府死神待闲。倘若此人在世，病魔必得铲除，

1　即今天的鲁西永，旧时法国南部一省份，靠近比利牛斯山脉。

2　海丽娜（Helena）：或得名于特洛伊战争中的海伦（ Helen of Troy ），众所周知全世界最美丽的女子，引发了一场大战。

3　拉佛（Lafew）：一些当代版本亦作 Lafeu(拉飞欧)，在法文中 *feu* 意为"火"。

君上必得康复。

拉佛　夫人，您所说此人姓甚名谁？

伯爵夫人　大人，此人在医界大名鼎鼎，且绝非浪得虚名，他名叫吉拉·德·拿滂[1]。

拉佛　夫人，此人确实医术高明。君上最近还曾提及此人，对他称赞有加，却叹息其英年早逝。倘若知识果真足以对抗天命，以他的才干，此人完全应当尚存活于人世。

勃特拉姆　尊敬的大人，君上究竟身染何种疾病，以至圣体衰微？

拉佛　回爵爷，君上患有瘘管症[2]。

勃特拉姆　此症此前倒是未曾听闻。

拉佛　但愿其不至于广为扩散，闹得人心惶惶。这位姑娘可是吉拉·德·拿滂的女儿？

伯爵夫人　大人，这正是他的独生女，他过世之时托付给我抚养。她承袭父辈品质，天性温润淳善。我希望其身受之教化能够使其愈加淳正，愈加善良。心有邪骛之人，即便身怀有用之才，世人赞誉之时也会带上惋惜，因其有用之才每每沦为正义之敌。而她由于天性淳善，其有用之才得以用于更加有益之处。其淳正来自父辈传承，其善良来自教化积淀。

拉佛　夫人，您如此赞誉，使她感动落泪。

伯爵夫人　少女的泪水是对别人称赞的最好回应。每当她对父亲的怀念涌上心头，总是不胜悲伤，面色惨淡。别伤心了，海丽娜。快快振作起来，别伤心了，否则有人会觉得你是在故作哀伤之容。

海伦　我的确面带哀伤之容，可心头也真是怀有哀伤之情。

1　拿滂（Narbon）：此名来源于 Narbonne（纳尔博纳），法国南部城市，靠近罗西昂省。
2　瘘管症（fistula）：即溃疡。

拉佛　　　适度的哀伤可以表达追怀逝者之情，过度的悲恸则足以成为
　　　　　　生者之敌。

伯爵夫人　生者若能抵御悲恸，那过度的悲恸不久就能自愈。

勃特拉姆　母亲大人，请祝福我吧。

拉佛　　　此话怎讲？ [1]

伯爵夫人　祝万事遂顺，勃特拉姆。

　　　　　　愿你仪表风度青出于父。

　　　　　　愿你血统、德性砥砺互促，

　　　　　　愿你言行不负出身贵族。

　　　　　　关爱天下苍生，诚待世间少数，此中一人不可亏负。

　　　　　　习勇武以御敌，亦知克制用武；

　　　　　　朋友遇危难，倾命亦相助。

　　　　　　宁可受讥为言讷词蹇，切勿见责为口舌无阻。

　　　　　　愿上天施行慷慨，伴我时时念度，共予君庇护！

　　　　　　一路珍重，请接受我真诚的祝福！——

　　　　　　（对拉佛）伯爵大人，犬子不谙世事，愿大人不惜时时教诲与
　　　　　　照顾！

拉佛　　　爵爷于我当视若己出，

　　　　　　定然时时忠言相助。

伯爵夫人　愿上天庇护。——一路珍重，勃特拉姆！　　　　　　　　下

勃特拉姆　（对海伦）愿你一切顺心如意，心想事成！照顾好我的母亲，
　　　　　　她也是你的主人，当时时用心侍奉。

拉佛　　　再会，美丽的姑娘！希望你不会辜负你父亲的美名。

　　　　　　　　　　　　　　　　　　　　　　　勃特拉姆与拉佛下

海伦　　　唉，果能如此，一切都值得！

---

1 有辑注者认为这句话位置有误，应该是对海伦或伯爵夫人的回应，而非勃特拉姆。

只是小女如今并非挂念家父在心上。

昔日家父与世长辞，令人泪水止不住流淌。

如今爵爷离家远行，小女泪如雨下，更感生离死别之伤。

彼时家父之音容，已湮没于泪光；

此刻爵爷之笑貌[1]，独留存在心房。

爵爷当此一别，小女注定一生落魄惆怅。

了无生趣，无人相依傍。

他如夜空星硕，摄魂夺目，灿烂辉煌。

我思趋身以附，奈何非我所及，远在天堂。

爵爷之光，光芒万丈，

我只配遥染其余晖，聊以遣怀，却无幸身沐其温暖星光。

小女情思切切，亦却身神俱伤。

正如驯鹿[2]遇雄狮，终生相随乃奢望，

如此情欲不当，注定因此把命丧。

与爵爷时时相见，令人向往，亦令人忧伤。

不如独坐一隅，勾勒其曲眉、俊目、鬓发在心上。

他容颜俊俏，每一丝纹路、每一处细节都令我心潮激荡。

如今爵爷远去，只能将倾慕与眷恋封存在梦乡。

此番谁人登场？

帕洛[3]上

（旁白）小女爱屋及乌，只因此人与爵爷一同前往。

我知他撒谎造谣，恶名昭彰；

愚蠢懦弱，十足荒唐。

1　笑貌：原文为 favour，意为"形象、面容"。含有双关之意，表示"爱情的象征"。

2　驯鹿：原文为 hind，即母鹿，含有双关之意，亦表示"侍女"。

3　帕洛：原文为 Parolles，意为"言辞"，来自法文。

　　　　　凡此种种人所共弃，陋习加身习以为常。

　　　　　君子傲骨临风凄凉，招摇之徒浑然坦荡。

　　　　　难怪，常见此等世间怪象：

　　　　　智者衣不蔽体，愚夫锦衣玉裳，左呼右唤跋扈张狂。

帕洛　　愿上帝保佑，尊贵的王后[1]！

海伦　　愿上帝保佑，国王！

帕洛　　愧不敢当。

海伦　　愧不敢当。

帕洛　　您莫非在思量女人的贞节？

海伦　　可不是。您倒是有几分气质，仿佛是上过战场。我有一事求
　　　　　教：男人是贞节的敌人，女人如何才能封锁领地，防患于他？

帕洛　　使他不得其门而入。

海伦　　奈何他攻势凶猛，贞节虽奋勇抵抗，却仍然势单力薄。还望
　　　　　能透露一些战场上的御敌守城之方。

帕洛　　毫无良策。男人会将你围困，埋下深雷[2]，将你炸开个花[3]。

海伦　　愿上天保佑，愿贞节远离男人的地雷和轰炸！难道就没有一
　　　　　种作战的方法，能让贞洁的女性将男人驱离轰散？

帕洛　　一旦女人贞节告破，男人随即便会一轰而去[4]。不过，虽将男
　　　　　人轰离[5]，却也是自掘墙角[6]，导致自身城池[7]失守。以造化之规
　　　　　律，维护贞节并非明智之举。贞节之丧失乃合于繁衍之道，

1　王后：原文为 queen，戏仿另一英文词 quean，即"放荡的女人，妓女"。

2　埋下深雷（undermine）：带有性暗示。

3　炸开个花（blow you up）：指使女人怀孕。

4　一轰而去（be blown up）：指勃起，获得性高潮。

5　将男人轰离（blowing him down）：引起高潮，而后勃起消失。

6　墙角（breach）：指阴道。

7　城池（city）：指贞节、处女之身。

贞节本身不先去除，贞洁之女子何以诞生？贞洁女子之所出，乃出自贞洁女子之身体。女子若献出贞节，可得十位贞洁之少女；若吝惜贞节，反而导致贞节枉然消逝。如此漠然之物[1]，留着有什么好处？

海伦　　可我仍然打算对它稍加吝惜，愿以处女之躯终老残生。

帕洛　　所言差矣，这有违于造化之规律。维护贞节有如诋毁你母亲，乃大逆不道之罪责。以处女之躯终老，有如悬梁自尽，严守贞节如自残自戕。这样的女子公然违逆造化之大道，其遗骸只配葬于阡陌，任人踩踏，不得安于陵园，供人追缅。贞节有如干酪，可滋生蛆虫，使表皮霉烂，腐坏变质。贞节乖张且孤傲，于人无益却自视甚高，此乃教义之大忌。应当献出贞节，否则只能坐视其亏空[2]。献出贞节，不出十年必定本利双收，本金无甚损耗，利息十分丰厚。献出贞节吧，不要再有所吝惜！

海伦　　大人，那请问女人如何才能够根据自己的喜好来奉献贞节？

帕洛　　容我三思。有了，那便是对不屑于贞节的男人交付自己的心思。贞节有如货物，藏而不用，会致其光泽黯淡。藏之愈久，其效用愈丧。不如趁卖相尚存，脱手而出，切勿错失畅销之良机。贞节又如宫廷老臣，虽头戴玉冠，身着锦衣，却格格不入于时宜。正如其别针、其牙签[3]，当下早已销声匿迹。红枣[4]入饼[5]入粥[6]可增添滋补，置于脸颊[7]则只能空待其干枯开裂。

1　漠然之物（cold）：指贞节。

2　亏空（lose）：一语双关，即表示得不到好处，也表示"失去贞节"。

3　牙签（toothpick）：装饰性的牙签曾流行一时。

4　红枣（date）：意为"红枣／年龄／阴茎"。

5　饼（pie）：暗指阴道。

6　粥（porridge）：暗指阴道。

7　置于脸颊（in your cheek）：暗指年龄增长。

你那贞节，那陈年的贞节，正如法兰西干梨[1]，视之容貌干瘪，食之味同嚼蜡。不错，一枚干梨，本不至于此，奈何如今只是一枚干梨。你留之又有何益？

海伦　贞节于我乃不能不顾——

你主此番远去，必得成千女人之倾慕。

宠之者愿作其母，爱之者甘当其妇，友之者见之如其故。

尤物[2]为之再生，巾帼为之瞩目，女寇视之思奔赴。

彷徨之路遇佳人，险恶之途有女神，女王国里无拘束。

窈窕贤内助，放浪鬼魅徒，同眠共枕妇，争先相辅亦相助。

踌躇满志保持低调，身处卑微不失高傲。

心若止水察纷扰，暗潮涌动识美妙。

寻觅心灵之目标，不因灾祸生烦恼。

满世界炫目、亲昵、虚伪之名号，

全出自盲眼爱神之编造。

如今愿他——我不知如何祝福，只愿他一切安好！

宫廷乃开阔眼界、增长才干之地，而爵爷此人——

帕洛　实话实说，爵爷此人怎样？

海伦　我愿为他祝福祈祷，只可惜——

帕洛　可惜什么？

海伦　可惜祝福之词缥缈，难以触及。

我等出身苦寒，家世凋敝，

终究只能在祝福的泡影中虚度光阴。

唯愿祝福成真，有幸追随心爱之人远行，

1　梨（pears）：暗指阴道。

2　尤物：原文为 phoenix，表示"典范、奇迹"。字面意思是阿拉伯神话传说中的一种鸟类，每五百年浴火自焚，从灰烬中重生，每次只有一只在世。

倾诉内心的痴望与屈肠，

纵然心知此情此意今生无缘得偿。

侍童上

侍童　　帕洛大人，爵爷有请。　　　　　　　　　　　　　　　　下

帕洛　　小海伦，再会；要是还能记得起，我会在宫中提携你。

海伦　　帕洛大人，您一定是生于吉星高照之时。

帕洛　　不错，我得玛尔斯[1]照命。

海伦　　想必如此，您一定深得战神庇佑。

帕洛　　此言怎讲？

海伦　　每逢战争，总能保全性命，必是有战神庇护左右。

帕洛　　适逢其当空之日？

海伦　　不，恰逢其坠落之时。

帕洛　　你何出此言？

海伦　　您上战场时不也是频频后退。

帕洛　　那是为了另觅良机。

海伦　　逃跑也是另觅良机，不过是心生恐惧，以求苟全自保。你的勇气倒是善解[2]你的恐惧，给你插上一副飞奔的翅膀，不过我倒是喜欢你这模样。

帕洛　　我事务缠身，无心与你作口舌之争。到我归来之时，将深谙宫廷为官之道。到那时，再向你传授些宫中的规矩，好使你虚心接受宫廷人士的建议，采纳可取之处为自己所用。如若不然，你便是绝情寡义之人，罪该万死，注定因茫然无知而离世。再会。如有闲暇，可祈祷发愿；若无空闲，则对朋友加以怀念。找一个好夫婿，待他如他待你那般。好了，来日

1　玛尔斯（Mars）：罗马神话中的战神。

2　善解：原文为 composition，表示"混合"，暗示"和解 / 停战"。

再见。 （下）

海伦 世间万事本由凡人所主宰，

却偏偏归结为上天之安排。

天命常赋予人自由，

只对懈怠之辈设掣肘。

是何种力量承载着我的情爱飞上天，

使我一目千里，却让相思之人无法得见？

造化之伟力足以填补身份之悬殊，

使有情之人以沫相濡，

高贵卑贱全然不顾。

若患爱情的苦忧，善对现实去低头，

纵使奇药妙招，亦无力施拯救。

尽其可能之事功，何患爱情不可拥？

君上之身疾——我法未必可保其命，

奈何我意已决，此番施救势在必行。 （下）

第二场 / 第二景

巴黎

喇叭奏花腔[1]。法国国王持书信与群臣侍从上

国王 佛罗伦萨人和锡耶纳人起了争端，

---

1 喇叭或号角吹奏的响亮短曲，通常伴随重要人物登场。

相持不下，胜负互见，

目前双方激战正酣。

大臣甲　　陛下，据消息来报的确如此。

国王　　　不，此事乃千真万确。

朕收到了确切战报，

因友邦奥地利国王已来信相告。

据他提醒，佛罗伦萨会请求我们迅速援助。

不过，这位老兄已预先表明了态度，

似乎希望我们以拒绝之词相回复。

大臣甲　　其睿智与友善，

向来为陛下所称赞，

我们当充分尊重其意见。

国王　　　他已使我坚定了心中的答案，

虽然使臣还未到眼前，我已然回绝了佛罗伦萨的求援。

不过，在座诸位若愿意一睹托斯卡纳的战况，

均可自行前往战场，

无论立场倾向哪一方。

大臣乙　　王公贵族们早已渴望将拳脚施展一番，

这倒是大好机会摆在眼前，

可以使他们的拳脚与谋略得到操练。

国王　　　眼前来者何人？

勃特拉姆、拉佛与帕洛上

大臣甲　　陛下，来者罗西昂伯爵，

年轻人勃特拉姆。

国王　　　（对勃特拉姆）年轻人，你的相貌与你父亲再相似不过。

造化慷慨，定是精雕细琢，从容不迫，

才将你这般英俊的美貌相打磨。

愿你同样承袭你父亲的美德！欢迎来巴黎做客。

勃特拉姆 谢陛下隆恩，臣下万死不辞。

国王 唯愿我如今还如彼时一般身强力健。

遥想当年，令尊与我齐头并肩，

初试身手，沙场征战。

他深谙作战之时机，深得勇士之真传。

他福逾古稀，高寿无边，

奈何我二人不久皆老态尽显，

不复当年之矫健。

每每谈及令尊，皆令我甚感欣慰。

当其尚为年浅学疏之辈，

便已颇具当今年轻王侯贵胄之智慧。

可惜今辈信口雌黄，却无力建功立业，以掩饰轻狂，

常受辱于自己口出之言，被讥为可笑荒唐。

令尊则不失大臣之风范，

生性高傲却不目空一切，言辞犀利却不刻薄尖酸。

纵使偶有失仪，也仅出自幕僚之间的不满与埋怨。

其胸中之荣耀，有如时钟一座，

告知其何时应当出言辩驳。

每逢此时，其巧舌皆听从钟摆之指引。

出身低微之人，他常待之为远方前来的乡亲。

不惜屈首降尊，

使之感逢盛恩。

闻其谄言媚辞，亦逊谢不遑。

如此贤士，堪称当今青年之榜样。

今辈如能悉心效仿，

则知前辈堪称贤良，自己有若草莽。

勃特拉姆　　家父有幸，得陛下念念不忘于心间，
　　　　　　　远胜小臣祭奠叩拜于墓前。
　　　　　　　冢前铭文之美言，
　　　　　　　犹不及陛下慷慨相称赞。

国王　　　愿我此时与他同在！他曾时常念及——
　　　　　　　此刻仍觉言犹在耳。沁人心脾，
　　　　　　　并非仅仅散播在耳际，而是种植在心底，
　　　　　　　只待其蓬勃生长，硕果依依——
　　　　　　　每逢游乐宴饮即将散去，
　　　　　　　他皆心生感伤与忧郁。
　　　　　　　及欢娱散尽，他乃感慨如许：
　　　　　　　"待我油尽灯枯之时，将不复苟延残喘之势。
　　　　　　　有如烛芯将欲燃尽，却仍抑制着青年才俊。
　　　　　　　他洞察敏捷，锐意鼎故革命；
　　　　　　　他决断有力，唯求推陈出新；
　　　　　　　他紧随时势变迁，绝不固守死理。"
　　　　　　　令尊发愿若此，我亦在所不惜。
　　　　　　　我既已不能造蜡酿蜜，
　　　　　　　不若早日从蜂房退离，
　　　　　　　为躬耕之晚辈留出立足之地。

大臣乙　　陛下恩情昭彰，天下无不感恩戴德。
　　　　　　　待到圣恩不复，最先怅然若失者，必是此前薄情寡义之徒。

国王　　　本人不过尽我所能，内心自有自知之明。
　　　　　　　伯爵，令尊家那位医师已过世距今多久？
　　　　　　　他可是大名鼎鼎。

勃特拉姆　　陛下，其过世距今约有六个月。

国王　　　倘若此人尚在人世，我倒愿试试他的医术与疗效。

请扶我一把。庸医们已分头施医用药，

我却依然不堪病痛之困扰。

求生之本能与病痛之折磨仍在慢条斯理地拉锯谈判。

欢迎到访，伯爵，令我如太子般思念。

勃特拉姆　多谢陛下。

　　　　　　　　　　　　　　　　　　　众人下。喇叭奏花腔

第三场　/　第三景

罗西昂

伯爵夫人、管家雷纳尔多与小丑拉瓦契[1]上

伯爵夫人　我想听听你的看法，你觉得这位姑娘[2]怎样？

雷纳尔多　夫人，从在下此前的表现，希望夫人可以看出在下是怎样竭
　　　　　　力向夫人尽忠。在下从未宣示过劳苦功高，因为那样有失谦
　　　　　　逊，反倒辱没了在众人眼中的功劳。

伯爵夫人　你这蠢材在这里干吗？快从我面前消失，混账[3]。对你的种种
　　　　　　告发之词已听闻不少，由于生性驽钝，我并不尽信。可是，
　　　　　　以你这般愚蠢，不难想象做过何等愚蠢的勾当，况且你也完
　　　　　　全具备干混账行径的本事。

拉瓦契　夫人，您不是不知道，在下出身贫苦。

伯爵夫人　不错，那又如何？

1　拉瓦契：原文为 Lavatch，或源自法文 la vache，表示"母牛"。
2　姑娘（gentlewoman）：指海伦。
3　混账：原文为 sirrah，常指社会地位较低的人。

拉瓦契	没什么，夫人，在下出身贫苦，没多少可取之处，虽然许多有钱人也不是什么好东西。只是，如若夫人好意成全，准我成家立业，在下便可跟伊丝贝尔[1]那女人成双人对。
伯爵夫人	你难道非要如此，拾人唾弃之物？
拉瓦契	关于此事，在下的确乞求您美意恩准。
伯爵夫人	哪件事？
拉瓦契	伊丝贝尔和我自己那件事[2]。做下人的不一定世世代代做下人，所以我想我若不结婚生子，将永远得不到上帝的保佑垂青，因为据说子嗣后代就是上天赐予的福气。
伯爵夫人	告诉我你一定要成婚的理由。
拉瓦契	夫人，贱体有此需求。在下乃是受肉体之驱使，而它又是受到魔鬼之驱使，身不由己。
伯爵夫人	这就是你的全部理由？
拉瓦契	老实说，夫人，在下还有其他神圣[3]的理由，许多神圣的理由。
伯爵夫人	我等凡人是否有幸听闻？
拉瓦契	夫人，在下过去是个坏人，就如您和所有的肉眼凡胎一样。老实说，我结婚是为了给自己一个悔过自新的机会。
伯爵夫人	悔过自新？恐怕到时候你首先要后悔的就是这桩婚事。
拉瓦契	夫人，在下举目无亲，还盼望着成家之后因为老婆的缘故，去结识几个朋友。[4]
伯爵夫人	那样的朋友才于你不利，蠢材。

1 伊丝贝尔（Isbel）：此为妓女的常用名。
2 那件事：原文为 case，一语双关，暗指阴道。
3 神圣：原文为 holy，戏仿另一英文词 holey，暗指阴道。
4 即为老婆找几个男性做伴，带有性暗示。

拉瓦契　夫人，您不了解友谊的道理。凡是我心生厌倦之事，可交由这些蠢材代而行之。他们耕耘[1]我的田地[2]，正好省下了我的牛马之力，还可使我不劳而获[3]。如果我做了他的王八[4]，他也就做了我的苦力。他快慰了我的老婆，就是珍视我的身体，珍视我的身体就是关爱我自己，关爱我自己也就是建立我们之间的友谊。所以，亲吻我老婆的人，就是我的朋友。如果人们能够乐天安命，对于婚姻便会无所畏惧。就如同吃肉的新兴清教徒，和吃鱼的守旧天主党，不论在宗教形式上是何等地心神背离，说到头来却没有任何差异。他们如同鹿群，犄角或互有抵触，可终究却成群结队聚在一起。

伯爵夫人　你难道只会做一个淫言秽语、满口男盗女娼的混账？

拉瓦契　夫人哪，我是一名先知，只不过直言道出了真理：

（唱）

我愿再次拾起那支歌曲，

让众人知其道理不言而喻。

姻缘来自命运之规律，

正如布谷歌唱，本性难移。

伯爵夫人　从我面前消失，混账，等会儿再继续跟你讲。

雷纳尔多　夫人，请遣此人去吩咐海伦来此。关于这个姑娘，在下有事向您禀告。

伯爵夫人　（对拉瓦契）蠢材，快去告诉那位姑娘，我有话要对她讲——就是那位叫海伦的姑娘。

1　耕耘（ears）：耕种，指发生性关系，使怀孕。
2　田地（land）：指老婆。
3　使我不劳而获（gives me leave to in the crop）：指得到后代。
4　王八（cuckold）：指老婆不忠的男人。

拉瓦契　（唱）

　　　　她[1]说："是不是就为了这张俊俏的脸[2]，

　　　　希腊人将特洛伊[3]攻陷？

　　　　荒唐之事，好生荒唐，

　　　　普里阿摩[4]因此如愿以偿？"

　　　　为此她叹息而呆立，

　　　　为此她叹息而呆立，

　　　　随之得出如下的道理：

　　　　"九人坏来一人异，

　　　　九人坏来一人异，

　　　　总剩一成好人在这里。"

伯爵夫人　什么！一成好人在这里？你把歌词搞反了，蠢材。

拉瓦契　夫人，我是说十个女人里总有一个是好的，这算是把歌词往好里唱。愿上帝造人能一年到头保持这样的比例。我若是牧师，对这十里挑一的女人绝不会有任何吹毛求疵之举。十里挑一，还不满意？即便每逢彗星当空或地震来临才能诞生一个好女人，那也比抓阄中彩的几率更大。照目前的情况，男人即便抽心挖肝，也未必能够中彩。

伯爵夫人　从我面前消失，混账，照我的吩咐去做。

拉瓦契　男人也可以听从女人发号施令，不会有什么损失。虽然要坚持天主之真理就不能做清教徒，但那样也不会有什么损失，就如同可以在桀骜不驯的黑袍之外套上一层毕恭毕敬的白裰。

1　她（she）：或指赫卡柏（Hecuba），特洛伊国王普里阿摩（Priam）之王后。

2　俊俏的脸（fair face）：指特洛伊战争中的海伦。帕里斯（Paris）将她掳走，导致了特洛伊战争。

3　特洛伊（Troy）：土耳其西部古城，在特洛伊战争中被围困十年之久。

4　普里阿摩（Priam）：特洛伊国王，在战争中被杀。

好了，我真得走了，当务之急是叫海伦到这里。 下

伯爵夫人 好了，现在你继续说吧。

雷纳尔多 夫人，在下知道您非常喜欢伺候您的这位姑娘。

伯爵夫人 不错，的确如此。她父亲临死之前把她托付给我，不说额外其他，就她本身，就完全值得我对她如此怜爱。我对她的亏欠之处已超过了对她的付出，比起她自己的欲求，我一定要给予她更多。

雷纳尔多 夫人，在下最近出其不意有过一次接近她的机会。当时她独自一人，在说着些什么，自言自语。我敢肯定，她一定以为不会有旁人听见。她说的是，她爱上了您的儿子。她说，命运女神毫不垂青，将她二人置于如此悬殊之境地；爱情之神也毫不眷顾，除去门当户对之人，竟不愿助她一臂之力；狄安娜[1]亦不配做处女的保护之神，她坐视其卑微的女臣遭受袭击，身处被围之境却不加援助，身陷被俘之险而不施救赎。在下从未听见过一名处女以如此哀怨的腔调倾诉其衷肠，因此认为有必要速来禀报夫人。唯恐发生不测，特令夫人知晓。

伯爵夫人 此事办得很好，切记不可声张。我此前已看出几分端倪，但只是猜测无凭，不敢全信，却又不得不信。请你下去吧，此事你知我知。感谢你一片忠心，我会再找你谈话的。

管家雷纳尔多下

海伦上

（旁白）我年少之时也是这般模样，

但凡造化之子女，无人能逃过其规律。

棘刺必在青春的玫瑰旁生长，

凡人皆有血肉之躯，躯体里亦带上了情绪。

---

1 狄安娜：原文为 Dian，即 Diana，罗马的贞节女神、月亮女神和狩猎女神。

当炽热的爱情给青春烙下印记，

随即也呈现并封存了造化之真理。

虽然，在旧时的记忆里，

我等曾犯过相同的过错，

或许彼时我等并不以之为过。

她眼神因相思而憔悴，我已把她的心思领会。

海伦　　夫人，不知您有何吩咐？

伯爵夫人　你可知道，海伦，我就好比你的亲生母亲。

海伦　　您是我尊贵的主人。

伯爵夫人　不，我是你的母亲，为何不愿将我视为你母亲？

当我提到"母亲"，觉得你就像看见了毒蛇一般吃惊。

"母亲"二字有什么令你如此胆战心惊？

我说我把自己当作你母亲，

即是将你视若骨肉之亲。

你可曾见，收养的儿女往往胜过亲生的后代，

精心培育的异种嫁接也可生长得枝叶豪迈。

你不曾让我经历艰辛的十月怀胎，

但我仍然对你如生母般关爱。

愿上天垂怜，我的女孩！

以母女相称何以令你面色如此惨淡、这般无奈？

为何，你眼眶竟泛起如此阴霾[1]？

似乎预示着阴雨欲来。

——莫非是因为做了我女儿？我为此困惑不解？

海伦　　只因为我不是您的女儿。

伯爵夫人　我说了，我是你的母亲。

1　阴霾：原文为 Iris（伊里斯），希腊神话中的彩虹女神。

海伦　　望夫人恕罪，望夫人恕罪。

小女无法与罗西昂伯爵做兄妹：

因我出身卑微，他却出身权贵。

因我祖上籍籍无名，他却家世赫然万钧。

他是我的主人，是我的爵爷，令我倾心。

我生是他的奴婢，死是他的侍女，今生早已认定。

只可惜小女与爵爷无缘拥有手足之情。

伯爵夫人　那么我也就无缘做你的母亲？

海伦　　您是我的母亲，夫人，真希望您是我的母亲——

即便我不配与爵爷、您儿子拥有手足之情——

您是我的母亲！也是我跟他二人共同的母亲。

这是我今生最大的愿望。

只要我不做他的姊妹，无论怎样都无妨。

然而，我要是做了您女儿，他是否必然做我兄长？

伯爵夫人　不，海伦，你可以做我的儿媳。

别再有刚才的念头，上帝会把你保佑！

难道以母女相称竟使你如此心神不安，又一次面色惨淡？

我早已深入到你的心头，

也看出你郁郁寡欢[1]的缘由，

发现你伤心泪水的源头：

你爱上了我儿子，此事并非虚构。

感情既已如此汹涌澎湃，

也就无需矢口抵赖。

告诉我实情吧，告诉我此事不假。

你瞧，你两颊已向我昭告，因它们已泛起红霞。

1　郁郁寡欢：原文为 loveliness，许多版本将其改为 loneliness，即"孤独、忧郁"。

你的言行举止也在不经意间使一切清楚显然，
你自己的双眼也能分明看见。
只有罪恶和可耻的固执才令你三缄其言，
唯恐引人疑心。告诉我，此事是否如我所判断？
若实情如此，则你已经闯下了乱子；
若没有此事，你可当众立誓。无论如何，别再对我隐瞒。
我会顺应上天，助你实现心愿。
但你务必告我以实情，别再相瞒。

海伦　　仁慈的夫人，请饶恕我。

伯爵夫人　你是否爱上了我的儿子？

海伦　　请饶恕我，尊贵的夫人。

伯爵夫人　是否爱上了我的儿子？

海伦　　您不是也爱他吗，夫人？

伯爵夫人　不必饶舌。我爱他，是由于母子之情血浓于水。
此理举世皆知，不容诋毁。快告诉我，快告诉我，
告诉我你对他的感情已有多浓，
因为你的热情早已将之公之于众。

海伦　　（↑跪地↑）事已至此，我不得不承认。
我愿当着上天和夫人之面下跪起誓：
我的确爱上了您的儿子。
爱之切切，甚至有胜于您，仅次于上天。
我的亲友虽出身卑微，却内心赤诚，我的爱意亦无边。
望夫人息怒，爵爷虽然为我所爱，于他却并无丝毫损害。
小女虽对爵爷痴心相爱恋，
却并非出自任何非分之妄念。
唯待两相般配，乃敢希望与他缠绵。
可惜不知道这般配如何才能实现。

我深知自己的爱意只是徒劳，不得回报；
纵然如此，面对这张无边的漏筛，
我依然将深情的泉水向它浇灌，
情意不减。如印地人那般，
虔诚而盲目地崇拜着太阳。
它纵使向信徒身上撒播着阳光，
却不识崇拜之人姓甚名谁。
至亲至爱的夫人，请勿因我爱上您所爱之人，
而对我的爱情心生怨恨。
夫人寿高德深，想必亦有过一段纯洁的青春。
要是您也曾燃起过如此真挚的爱焰，
曾拥有过如此无邪的心愿和强烈的爱恋，
使得狄安娜与爱神合而为一，唉！那么，就请对小女略施可怜。
小女福薄命贱，却痴心不变。
她始终坚持付出，明知注定没有收获。
她不求最终修成正果，
只愿在幻境中痴情地将此生消磨。

伯爵夫人　你最近是否打算——老实告诉我——
到巴黎去？

海伦　夫人，我确有此意。

伯爵夫人　老实说，去干什么？

海伦　实不相瞒，我愿对天起誓。
您知道，家父在世时，曾留下几剂药方，
人所未闻，却效用甚广。
乃是凭借其潜心研究和诊疗经验摸索而出，
可将多数的病症驱逐。
他临终叮嘱我小心收存，不可轻易授之于人。

因为其疗效广泛，世人远未认识其功能。
这些药方之中，
有一剂方子，已经试用而奏效，
想必可将君上之急症治好，
其性命并非无可救药。

伯爵夫人 继续说下去。难道这就是你去巴黎的目的？

海伦 是我的主人、您的儿子让我想到这个主意。
否则，什么药方，什么君上，什么巴黎，
或许通通都不至于
进入我的思绪。

伯爵夫人 不过海伦，你倒是想想，
你虽请命为君上献方治病，但又怎知他是否愿意？
君上和宫中御医早已看法趋一：
在君上看来，御医早已束手无策；
在御医看来，自己也已爱莫能助。
即便饱览医书的宫廷大夫都已无计可施，
认为君上之病只可听天由命，
他们又怎会相信一个不谙医术的少女？

海伦 小女相信这药方，
不仅因为家父医道精湛，举世无双，
也因我自视有吉星高照在天上。
这药方于我有如家传之宝藏。
若夫人恩准前往试医，
我愿在今日此时即动身巴黎。
小女之薄命亦可舍弃，
只要能治愈君上之身疾。

伯爵夫人 你有把握吗？

海伦　　是的，夫人，我有这个信心。

伯爵夫人　也罢，海伦，我准你出行，也祝你好运。

　　　　　我会为你准备行李盘缠，再派些人供你差遣。

　　　　　请代为转达我对宫中亲友的深切问候。

　　　　　我会在家为你祈祷，祝你此行顺利，愿上帝保佑。

　　　　　你明天就出发吧。尽管放下后顾：

　　　　　凡是你需要帮助之处，我一定会竭力相助。　　　　　同下

第二幕

第一场 / 第四景

巴黎

国王由座椅抬入、前往佛罗伦萨参战的若干青年大臣、罗西昂伯爵勃特拉姆与帕洛上。喇叭奏花腔

国王　　再会，诸位英勇的大臣。希望你们牢记我的忠告。

　　　　还有你们，诸位大人，一路走好。

　　　　你们可以分享我的忠告，

　　　　若双方都能从中获益，这些话则可谓发挥了功效。

　　　　相信双方都会从中受益不少。

大臣甲　陛下，我们希望如此：

　　　　待我们从战争中历练归来之时，

　　　　能看到陛下贵体康复。

国王　　不，不，我已康复无望。

　　　　虽然我雄心未死，

　　　　不愿承认自己染上了致命的疾病。

　　　　再会，英勇的大臣。不论我是活是死，

　　　　你们应无愧为法兰西的子孙。

　　　　北部意大利人只是罗马王朝的遗老遗少。

　　　　须让他们看到，尔等此番前往，

　　　　并非追逐荣耀，而是迎接骄傲。

最勇敢的战士畏缩[1]之时，你等若能一往无前，
距名震天下便已不远。大人们，再会。

大臣乙 愿陛下遂愿，早日恢复健康！

国王 那些意大利女子，你们可得留心防范。

据说，若是她们提出什么要求，

咱们法文里可找不到回绝的字眼。

切不可尚未征战沙场，就已沦为敌人阶下之囚。

二臣 陛下提点极是，我等谨记王命。

国王 再会。——你们跟我来。（同若干大臣退至一旁）

大臣甲 （对勃特拉姆）啊，亲爱的大人，没想到您竟愿意留在宫中，
不与我们一同前往。

帕洛 这不能怪他，他还年轻。

大臣乙 啊！战争的场面想必宏大悲壮。

帕洛 相当的宏伟，我曾目睹过这样的战场。

勃特拉姆 我奉命留守于此，说什么"尚显稚嫩"、"明年此时"、"为时
尚早"，令我心烦意乱，不堪苦恼。

帕洛 伙计，你要是已经拿定了主意，就大胆地溜出去。

勃特拉姆 我留身于此，有如一匹由妇人驱使的领头驹，

终日在宫中平坦的石道上踩踏得咯咯唧唧，

坐视荣耀被他人摘取。

令宝剑闲置，唯有充当舞时之装饰！

我决意逃出宫去，为此我对天起誓！

大臣甲 溜出宫虽非光明正大之事，但也并不丢脸。

帕洛 就这么干吧，爵爷。

大臣乙 您有需要之处，在下愿效犬马之劳。回头见。

---

1 畏缩：原文为 shrinks，戏仿"阳痿"的含义。

勃特拉姆	你我已成莫逆之交，此番分别真令人伤感。
大臣甲	再会，长官。
大臣乙	亲爱的帕洛大人，回头见！
帕洛	伟大的英雄们，你我的宝剑乃同出一脉。剑光耀眼，剑气摄目。简言之，同样以上等钢材铸造而成。在斯宾那人的队伍中，有一位名叫史布利奥[1]的长官。此人左脸有一道疤痕，是战争的标志，乃是由我这柄手中之剑刻划而出。请告诉他我还健在，看他对我作何评价。
大臣甲	我等一定照办，尊敬的长官。
帕洛	愿战神保佑你们这批新收的门徒！ —— 二大臣下 （对勃特拉姆）您打算怎么办？
勃特拉姆	且慢，陛下来了。（与帕洛退至一旁）
帕洛	（对勃特拉姆）对这些王公大臣应多注意些礼数，您刚才跟他们道别时的态度未免太过冷漠。对这些人应该多加殷勤奉承，因为他们是当今时代之显贵。他们为人彬彬有礼，不论其宴饮、言谈、举止，都仿佛置身于最显赫的星光照耀之下。即便是恶魔引领着舞曲，也应跟随这些人亦步亦趋。快跟上去，跟他们做一次更加庄重的道别。
勃特拉姆	好的，我马上就去。
帕洛	这绝不会令您屈驾，因为这些人有朝一日都会成为最英勇的将士。（国王上前） 勃特拉姆与帕洛下
拉佛上	
拉佛	（跪地）陛下，恕臣下冒昧打搅，臣下有事禀报。
国王	不必在意，站起来作答。
拉佛	承蒙陛下宽恕，臣下这就起身回话。（起身）

---

1 史布利奥：原文为 Spurio，意大利文，表示"伪造、假冒、赝品"。

此番要是陛下双膝跪地，求臣下开恩，
倒希望陛下也能如臣下这般应声而起。

国王　　我也希望那样。我很想打破你的脑袋，
然后请求你的原谅。

拉佛　　实不相瞒，陛下此言差矣。不过，陛下，言归正传：
您可愿意治愈身上之疾症？

国王　　不愿意。

拉佛　　唉，您真不愿尝一尝酸葡萄，我尊贵的狐狸？ [1]
不，您一定会吃我种出的优质葡萄，
只要我尊贵的狐狸能够抓得着。
我寻得一名医师，能够使顽石焕发生命的征兆，
能使陛下生龙活虎，活蹦乱跳。
其人医术盖世，稍加切诊，
足可使丕平先王 [2] 死而复生。
不，可使查理大帝奋笔 [3] 而书，
为她写下深情的诗行。

国王　　"她"是何人？

拉佛　　陛下莫急，她就是我所说的那位女医师。
她正在殿门之外，等候您的召见。
在此，我愿以自己的忠诚和信誉起誓，
虽然只言片语，但却言真意切：
臣下曾有幸见过此等女子，

1　在伊索寓言中，狐狸因得不到葡萄而说葡萄酸。在此借用该寓言，表示国王认为疾病无法
痊愈。

2　丕平（Pippin）为公元 8 世纪法国国王，查理大帝（Charlemain）的父亲。

3　笔：原文为 pen，戏仿另一英文词 penis，即"阴茎"。

国王	其性别、年纪、才华、智慧与毅力，都令臣下钦佩之至。

其性别、年纪、才华、智慧与毅力，都令臣下钦佩之至。

相信这样的判断绝非偏颇的一面之词。

她要求拜见陛下，不知陛下可愿相见，顺带探明她的来意。

见过之后，若觉臣下言过其实，则不论陛下如何嘲讽，臣下
绝无怨言。

国王　行了，拉佛，朕知你好意。

快去带那位奇女子前来相见。

让朕与你一道分享她的神奇，

或让朕分析分析她何以使你夸张至极。

拉佛　不会，陛下，我不会让您失望。

用不了多久工夫。

国王　无论何等小事，他总是如此饶舌铺垫一番。

拉佛退至门边或下场，随即重上

海伦上 [1]

拉佛　（对海伦）来，跟我过来。

国王　如此迅速，真像是长了翅膀。

拉佛　来，跟我过来。

这位是国王陛下，你有话可以对他讲。

你看上去真像叛国者一般心虚，而陛下可并不怕你。

我就是克瑞西达的叔父 [2]，

放心把你们俩留在一起。再会。　　　　　　　　下

国王　行了，美丽的姑娘，你来见我有何要紧之事?

1　有辑注者认为海伦是经过乔装，因为在第二幕第三场中，拉佛对其身份表示吃惊，但拉佛在
　第一幕第一场中就已经见过海伦。这是有可能的，不过更大的可能是拉佛是海伦计划的共谋
　者（所以才有下文"克瑞西达的叔父"），此后的惊讶是伪装出来的。
2　克瑞西达的叔父：即潘达洛斯（Pandarus），曾为特洛伊罗斯（Troilus）和克瑞西达（Cressida）
　牵线搭桥。

海伦　　　是的，尊敬的陛下。

　　　　　　吉拉·德·拿滂是小女的父亲，

　　　　　　他医术精湛，人尽皆知。

国王　　　我听说过他。

海伦　　　既然陛下有所知晓，

　　　　　　小女就不必再对家父多作夸耀。

　　　　　　在他临终之际，曾传给小女诸多药方。

　　　　　　其中一剂，乃是他多年行医的宝贵依傍，

　　　　　　也是他一生济世得来的最珍贵宝藏。

　　　　　　他令我用心收藏，视之如自己的第三只眼睛。

　　　　　　对待它，要比自己的双眼还要珍惜，还要用心。

　　　　　　对此，小女不曾怠慢一分。

　　　　　　只是，听闻陛下身患重症，

　　　　　　家父此方正好对症有效。

　　　　　　小女特来献此药方，并愿效微薄之劳。

　　　　　　虽然深知自己言微力小。

国王　　　谢谢你的好意，姑娘。

　　　　　　不过我无法轻易相信你的药方。

　　　　　　因为连最高明的宫中御医都已束手而去，

　　　　　　太医院众人也已达成统一，

　　　　　　认为病症已到不可挽回的田地，

　　　　　　施医用药断然难以产生奇迹。

　　　　　　我怎能违背理性，痴心妄想，

　　　　　　把不治之症托付到江湖郎中手上。

　　　　　　又怎能玷污帝王之声誉，

　　　　　　自知无可救药之际，

　　　　　　乞灵偏方，毫无意义。

海伦	陛下既然主意已定，
	小女也算尽到人臣之义，不枉此行。
	小女不再勉强陛下接受我的微薄之力。
	只求陛下慷慨仁义，放小女安然回归故里。
国王	我知你一番好意，自然会准你所奏。
	你想要施救于我，我自然感恩在心头，
	如垂死之人对热心施救者心存感念。
	但对于病情，我一清二楚，你却一无所知。
	我知自己病入膏肓，你已决然无计可施。
海伦	既然君上已放弃了治愈病症的希望，
	让小女略尽绵力，一试此方，又有何妨？
	即便是上帝成就惊世骇俗之伟绩，
	也需要借助凡人齐心协力。
	据经上 [1] 所言，智慧在少年之时便得以展现，
	今日之判官，正是彼时之少年。
	滚滚之洪流乃发源于涓涓之山泉， [2]
	当圣王 [3] 不信奇迹，大海也会枯干 [4]。
	人生在世往往心愿难遂，
	最有把握之事，常常事与愿违，
	希望最渺茫之事，却往往胜算加倍。
国王	我不会听信你这番说辞。再会吧，好心的姑娘。
	你长途跋涉，无功而返，只能自我安慰，只因心愿未偿。

---

1 经上：即《圣经》，内有许多年轻一辈比老一辈更有智慧的例子。

2 摩西（Moses）击打岩石，为口渴的以色列人找到水源，出自《出埃及记》（Exodus）第 17 章。

3 圣王（great'st）：即伟大人物，如埃及法老王，他不相信上帝的力量。

4 摩西引领以色列人穿越红海，海水自动分开，使他们得以通过中间干涸的陆地通行（《出埃及记》第 14 章）。

              我虽未接受你施医用药，却也感激你善意相帮。

海伦   天赐之救星，竟遭如此草率相拒。

              凡人的判断总为表象所迷，

              远不及无所不知的上帝。

              常人总是虚妄而无礼，

              实为上天相助，却鲁莽视之为人力。

              亲爱的陛下，请恩准我一尽微薄之义，

              并非尝试我的医术，而是试验上天之神迹。

              小女并非信口雌黄，招摇撞骗之辈，

              胸无成竹之事，绝不敢自吹自擂。

              但小女经过反复之思量，也已抱定主意，

              小女医术绝非不济，陛下身疾亦非无药可医。

国王   你如此自信？那需要多长时日，

              你才能够治愈我的疾病？

海伦   如蒙上帝垂恩庇佑，

              太阳神每日驾车绕日奔走，

              骏马拉车，没来得及绕行两周。

              在西方的黑夜和湿气里，

              暮星[1]迷离，没来得及将倦怠的灯笼两次吹熄。

              抑或二十四个回合，航海员那时间的沙漏，

              见证光阴是如何偷偷地溜走。

              所有的不适便可驱离陛下的圣体，

              让健康永驻，让疾病不见踪迹。

国王   你既然如此坚决自信，

              如果失败，又当如何？

1　暮星（Hesperus）：即金星（Venus）。

海伦	愿受欺世盗名之责难。
	愿被视若娼妇，无耻厚颜。
	愿被编入歌谣，恶意宣传。
	愿我处子的清名污浊不堪。
	愿我的生命在严酷的刑罚中烟消云散。
国王	似乎有一位天使停留在你身上，
	借着你柔弱的身体，发声有力而铿锵。
	虽在常识看来已无力回天，
	我却宁愿信你所言。
	你的性命弥足珍贵，
	因众生美好的德行你都具备。
	青春、美貌、智慧、勇气、贤良淑德，
	所有这一切都意味着健康与福泽。
	你甘愿如此以身犯险，
	若非医术无边，便是贪婪怪诞。
	亲爱的医师，我愿试试你的药方，
	若有不测，定会让你一同陪葬。
海伦	若未能及时药到病除，或疗效有任何夸大之词，
	小女愿任凭陛下处置，万死不辞。
	若不能为陛下除忧，小女自然会以死谢罪。
	不过，要是药方奏效，陛下又当如何回馈？
国王	你尽管开口，提出你的要求。
海伦	您是否都能如愿恩准？
国王	是的，可凭这王杖起誓。我还寄望死后升入天堂，绝不食言。
海伦	那么，但凡王命所及，小女认定的夫婿，
	还劳请陛下，一定亲手指配给小女。
	陛下敬请放心，小女明理识仪，

绝不至妄心攀附法兰西皇室子弟。

小女出身低微，姓氏卑贱，

到贵国攀龙附凤是万万不敢。

然而，我知陛下群臣中有此一人，

我愿开口相求，还望陛下美意赐婚。

国王　我立掌为誓，你我在此一言为定。

一定让你得偿所愿，只要能治好我的疾病。

治疗的时间全部由你来安排，

我既已决心听医于你，自会对你全心依赖。

本还有其他问题需要问你，也是出于谨慎——

虽然了解得更多并不意味着增加对你的信任——

比如你是来自何方，在何种家庭成长，

不过，衷心欢迎和祝福，上述问题不问也无妨。——

来人，快快扶我起来！——如果药方真有你所言之奇效，

我自会为你做主，为你许配心头好。

喇叭奏花腔。众人下，国王被抬下

第二场　／　第五景

罗西昂

伯爵夫人与小丑拉瓦契上

伯爵夫人　来吧，小子，现在让我来好好考验一下你的教养。

拉瓦契　您会看到在下只是饱食终日而缺乏教养之辈。我知道您只不

　　　　　　过要派我到宫廷里去走一趟。

伯爵夫人　　到宫廷里去走一趟！你究竟到过什么地方，竟使你自视甚高，以至开口如此轻狂？只不过到宫廷里去走一趟！

拉瓦契　　　此言不假，夫人。上帝要是授予过一个人几分礼貌，那他在宫廷里闯荡一番再容易不过。谁要是不会屈膝迎合、脱帽献礼、吻掌谄媚，而又木讷寡言，则可谓空长了手足嘴皮，白戴了帽子。老实说，这样的人不适合在宫里混。不过，我嘛，倒是能用同一个答复[1]应对所有问话，左右逢源。

伯爵夫人　　了不起，同样一个答复应对所有问话，这答复真可谓神通广大。

拉瓦契　　　就像理发匠的椅子，能坐下所有的屁股：尖屁股、圆屁股、肥屁股，或无论什么样的屁股。

伯爵夫人　　你的答复也能应对所有问话吗？

拉瓦契　　　绝对可以。就如同律师手里的十枚四便士，如同美艳娼妓手中的法兰西金币[2]，如同蒂卜[3]给汤姆[4]食指[5]戴上的芦草指环，如同忏悔日的煎饼[6]，如同五月节里的化装舞会，如同钉子[7]之于洞孔[8]，如同王八之于绿帽，如同泼辣荡妇[9]之于泼皮无赖，如同尼姑之唇之于和尚之嘴。不如干脆说，如同腊肠[10]之于腊肠皮。

1　答复（answer）：在整个对话过程中，该词似乎带有与男性生殖器相关的性暗示。而"问话（question）"一词则暗指女性阴道。

2　法兰西金币（French crown）：双关语，指"金币/秃头（梅毒的症状）"。

3　蒂卜（Tib）：社会下层女子或妓女的常用名，为 Isabel 的简称。

4　汤姆（Tom）：流氓无赖的常用名。

5　食指（forefinger）：带有男性生殖器暗示。

6　煎饼（pancake）：通常在忏悔星期二食用，即四旬斋之前的宴请日。

7　钉子（nail）：带有男性生殖器暗示。

8　洞孔（hole）：带有女性生殖器暗示。

9　荡妇（quean）：指妓女，戏仿 queen。

10　腊肠（pudding）：带有男性生殖器暗示。

伯爵夫人	我是说，你真有这样一句应百句的答复吗？
拉瓦契	上至王公，下至走卒，可以应对一切问话。
伯爵夫人	要能应对所有问话，那一定是无比繁杂冗长的回答。
拉瓦契	老实说，实在是再简单不过，有学问的人都这么讲。这句话是这样的，整句话就几个字。您先问我是不是在宫中任职，问吧，听一听我的回答对你有利无弊。
伯爵夫人	好吧，让我们再玩一次小孩子把戏。我来做一回发问的傻瓜，希望你的答复能让我的智力有所长进。请问，足下，您是否在宫中任职？
拉瓦契	唉，岂敢岂敢！这般容易就应付过去。继续，再问一百个问题。
伯爵夫人	大人，我是您一位潦倒的老友，一向倾慕于您。
拉瓦契	唉，岂敢岂敢！快接着问，快接着问，不要放过我。
伯爵夫人	大人，我想这些粗茶淡饭一定不合您胃口。
拉瓦契	唉，岂敢岂敢！不要放过我，尽管问下去。
伯爵夫人	大人，我看您最近像是给人抽了一顿鞭子。
拉瓦契	唉，岂敢岂敢！不要放过我。
伯爵夫人	莫非您在给人抽鞭子的时候也是喊着"岂敢岂敢"和"不要放过我"？您在挨鞭子时的确应该喊几句"岂敢岂敢"，您要是非得对鞭刑回复两句，这句话倒是相当应景。
拉瓦契	这句"岂敢岂敢"我这辈子屡试不爽，没想到今天却栽了跟头。可见无论多么经久耐用的东西，也不会永远有效。
伯爵夫人	我真像是大手大脚的女主妇，竟如此浪费时间，跟一个傻瓜瞎闹胡扯了这么一番。
拉瓦契	唉，岂敢岂敢！你看，这句答复又派上了用场。
伯爵夫人	到此为止，足下，也该言归正传。 把这个交给海伦，叫她立刻回信过来。（递过一信） 代我问候宫中亲戚，也向少爷问安。我想这不算过分。

拉瓦契	问候问候他们不算过分。
伯爵夫人	我是说吩咐你跑这趟差事不算过分，懂我的意思吗？
拉瓦契	完全明白。我是人未到，心已至。
伯爵夫人	快准备去吧。 分头下

第三场 / 第六景

巴黎

伯爵勃特拉姆、拉佛与帕洛上

拉佛	人们常说奇迹只属于过去。而我们现在却有一批深悟造化精髓之人，能够将奇妙玄奥之事化解为平凡无奇。有其相助，我们得以无视恐惧。在本应向未知的恐惧低头的时候，却可以倚仗所谓的知识，增加我们的勇气。
帕洛	不错，这可算最近发生在我们时代里的奇闻轶事。
勃特拉姆	确是如此。
拉佛	宫中医师都已束手无策——
帕洛	正是正是。不论加伦[1]，不论帕拉切尔苏斯[2]。
拉佛	所有精通医术和享誉盛名的人都已爱莫能助——
帕洛	的确如此。
拉佛	都已断定他无药可治——

1 加伦（Galen）：公元 2 世纪时古希腊著名医师。
2 帕拉切尔苏斯（Paracelsus）：16 世纪时瑞士著名医师。

帕洛　　是的，不错，确实如此。

拉佛　　都已是无从下手——

帕洛　　是啊，造化的规律就是，人生在世——

拉佛　　命如浮萍，终有一死。

帕洛　　是的，所言极是。以我所言，也是如此。

拉佛　　从心而论，这可真是世所未闻的新鲜事。

帕洛　　确实如此。如果您愿意让世人知道此事，您可以把它称
　　　　为——（指着拉佛手里歌册）给它起一个什么样的标题？

拉佛　　（念）"记凡人之手施展的神迹。"

帕洛　　不谋而合，这标题正符合我心意。

拉佛　　是啊，现在海豚[1]都不一定有他这样的活力。我这样说，并非
　　　　出于不敬之意——

帕洛　　不错，这真是奇迹，真是大奇迹，总之是奇迹。只有最冥顽
　　　　不化之人，才不愿承认这是——

拉佛　　上天的神力。

帕洛　　是啊，所言极是。

拉佛　　乃是假手于最柔弱的身躯——

帕洛　　上天的神力、上天的奇迹竟然假手于最羸弱的躯体。这神力
　　　　必定不仅能复原陛下的身体，还能创造出更多的奇迹。愿上
　　　　天保佑——

拉佛　　我等感激不尽。

国王、海伦及众侍从上

帕洛　　与在下不谋而合，大人所言极是。国王陛下驾到。（与拉佛退
　　　　至一旁）

拉佛　　就像日耳曼人的口头禅：活力无边。趁着牙齿还没掉光，我

1　海豚（dolphin）：戏仿 dauphin，法国王位继承人。

以后可得跟姑娘们多加亲近。你看，他简直可以拉着姑娘翩
翩起舞。

帕洛　　见鬼！这不是海伦吗？

拉佛　　上帝啊！是她。

国王　　去，传朝中所有大臣前来相见。　　　　　　　　一侍从下

我的救命恩人，请过来坐到你的病人身边。（海伦坐下）

这只手本来已经失去了知觉，

是你的帮助使它得以痊愈。

如今再次立掌起誓，一定兑现应允的奖励。

只待你表明自己的心意。

三四位大臣上

好心的姑娘，尽管举目打量。

这群年轻人，皆出身显赫，且都尚未婚娶。

我既拥有君王之威严，亦享有父辈之话语。

其中任何一人均可指配于你。挑选之时你尽可随意。

你拥有选择的权力，任何人都不得抗拒。

海伦　　愿爱神垂青，你们每个人都得到美丽善良的爱人。

愿每个人都能抱得贤妻，除了其中某一人。

拉佛　　要是能有这些年轻人一般的活力，

让我嘴里的牙齿再生，让我唇上的胡须退去，

我愿献上我的棕毛短尾战马，连同全套鞍具。

国王　　仔细打量挑选吧，

他们所有人都有着显赫的身世。

海伦　　各位大人，上天已假我之手治愈了陛下的身疾。

她对一位大臣说话[1]

---

[1]　一些辑注者认为该提示语位置有误，应放在下文"对大臣甲"处。

众臣	我等知晓。感谢上天降恩，派你前来相助。
海伦	我只是平凡而清白人家的子女。
	出身平凡而清白，于我是最大的财富一笔。
	启禀陛下，小女已经挑选中意。
	我脸颊的红晕在耳畔悄然细语：
	"而今你挑选中意之人，我们为你泛起了涟漪。
	假使你心愿不遂，就让苍白的死寂在你脸上挥之不去。
	我们永远不再回来助你之力。"
国王	你只管放心去选，不论选中何人，
	谁要敢拒绝你的爱意，就永远得不到我的宠信。
海伦	狄安娜女神，如今我要飞离你的神坛。
	把我的叹息带到至高无上的爱神[1]身边。——
	（对大臣甲）大人，您能否听我倾诉心愿？
大臣甲	洗耳恭听，但讲无妨。
海伦	多谢，大人，小女再不必多言。
拉佛	（旁白）我要能在这群人中作为备选，就算赌上身家性命也心甘情愿。
海伦	（对大臣乙）大人，小女还没来得及开口发言，
	爱慕的火焰已在您眼中熊熊燎原。
	愿爱神眷顾，令大人福泽累累。
	得一佳人，远胜小女二十倍！
大臣乙	如能娶妻如你，此生夫复何求？
海伦	请接受我的祝福，
	想必伟大的爱神自会恩准！恕小女在此失陪。
拉佛	（旁白）难道所有人都拒绝了她？要是他们是我儿子，我一

1　即爱神丘比特（Cupid）。

定把他们每人抽一顿鞭子，或把他们发配到土耳其人[1]那里做太监。

海伦 （对大臣丙）别担心我会选择把你的手儿牵，

我绝不会以爱情的名义强人之所难。

上天赐福！愿你有朝一日踏入婚姻的殿堂，

有幸迎娶一位俏丽的新娘。

拉佛 （旁白）这些年轻人真是冷若冰霜，居然谁也不愿意接受她。

他们一定是英格兰人的弃儿，我们法兰西人绝不会教他们这样。

海伦 （对大臣丁）您风华正茂，出身高贵，英俊有为，

为您生儿育女小女不配。

大臣丁 美丽的姑娘，您此言差矣。

拉佛 （旁白）倒是还有一粒酿酒的葡萄。您父亲必定也是饮酒之人。不过你若不是一头蠢驴，即便我只是十四岁的毛孩，也早就看穿了你。

海伦 （对勃特拉姆）我不至尊卑不分，说是自己选择了你。

但我愿把自己献给你，服侍你，只要还有一丝呼吸。

我愿听候你的差遣。这就是我选择的情缘。

国王 怎样，风华正茂的勃特拉姆，娶她为妻吧，她就是你的妻子。

勃特拉姆 我的妻子吗，我的陛下？恳请陛下收回王命。

因为事关终生，臣下有一个不情之请：

望陛下开恩，准许臣下听从自己的眼睛。

国王 难道你不知道，勃特拉姆，她对我有过何等恩情？

勃特拉姆 臣知道，尊敬的陛下。

但臣下从没有想过为什么自己得娶她。

1　土耳其人（th'Turk）：不信仰基督教的未开化的人。

国王　　　你知道是她把我从病床上救活唤起。

勃特拉姆　可是，陛下，难道因为她将您救活唤起，

臣下就得为此欠债，使自己的身份受辱而降低？

我对她知根知底，她是依靠家父的施舍而成长，

如今却要我与这潦倒医师的女儿成亲拜堂？

小臣宁可遭受蔑视冷漠，不愿辱没身份把名丧！

国王　　　若只因门第卑微，她受你介怀轻蔑。

我可以令她加官晋爵。

无论颜色、比重与热量，常人的血液，

若混同在一起，皆难于辨别。

而血统之高低却大相径庭，真令人不得其解。

若她有一身淳善之德性，

唯因身为潦倒医师之女而不得你欢心，

则你可谓好名甚于好德，此事万万不可行。

虽身处江湖之远，若兴以仁义之善念，

亦可感染庙堂之庄严。

若名誉之心蔓延，贤良淑德消散，

此乃虚妄病症之表现。

判善断恶，需听其言，观其行，

不由身世贵贱所决定。

她风信年华，蕙心兰质，玉洁冰清，

深得造化之恩宠，自得人心之尊敬。

若出身高贵，却无德性相匹配，

反倒辱没了尊贵的爵位。

尊贵乃诞生于自身之行为，

而非承袭自祖先之牌位。

虚名常显奴颜婢膝之丑态，

在每座坟墓前阿谀夸饰，胡言一派。

反倒是义士忠骨，身为黄土所覆盖，

沉默不言，湮没于历史的尘埃。

还有什么需要多说？你若肯接受这上天之尤物，

其余一切皆可由我来弥补。

德性与美貌伴随她嫁入，

我自会擢升其门第，赐予其财富。

勃特拉姆　我不能接受她，也不愿意接受她。

国王　你要是执意抗命不遵，只会自讨苦吃。

海伦　陛下，您圣体恢复如初，小女已深感欣慰。

其余之事，请不必再提。

国王　此事于我信誉攸关，为使信誉无害，

我不得不行使自己的权力。来，握起她的手来。

你这傲慢无礼的少年，根本不配接受她如此青睐。

你粗鄙狂妄，辜负了我的好意，对不起她的厚爱。

你没有能够预见，在爱情的天平两边，

她虽然身处弱势的一端，

但加上朕之重量，却足以把平衡扭转。

你也有所不知，自身的门第荣辱，

完全在朕一念之间。放弃轻蔑的态度，

服从朕之旨意，乃是为了你自己的前途。

放弃傲慢的偏见，

为了你自己，立刻服从朕之召唤。

这是你应尽的义务，朕也有权如此吩咐。

否则你将永远得不到朕之眷顾，

任由年少与无知将你拉入迷惘和深谷。

以正义之名义，朕将降下愤恨和憎恶。

绝无丝毫宽恕，一定让你万劫不复。

告诉朕，你现在是何种态度？

勃特拉姆 陛下仁慈宽厚，望陛下恕罪。

我愿放弃个人的好恶，交由陛下的眼光来指配。

何等的惊世伟业、多少的荣华与富贵，

陛下只言片语之间皆可实现。

念及于此，才发现我意轻狂，把她视若卑贱。

如今她受圣言提携，自然门第倍增，

犹若出身名门。

国王 握起她的手来，告诉她说她已属于你。

我决定赐她一份厚礼，

纵使比不上你的家财，

也一定使你二人地位相般配。

勃特拉姆 我答应娶她为妻。

国王 愿上天的好运和国王的恩宠呵护这段婚姻。

既然你二人郎有意、妾有情，

婚礼自当尽快举行。

时间就定在今晚。

隆重的婚宴则需稍待一些时间，等候远道的亲友聚全。

你既答应娶她为妻，则应真诚待之以礼。

若有虚情假意，则有违人伦大义。

众人下。帕洛与拉佛留场，议此婚姻

拉佛 打搅，大人，能否听我一言？

帕洛 大人，有何指示？

拉佛 贵爵爷、贵主人倒是聪明伶俐，一看情形不利就改变了主意。

帕洛 改变主意？我的爵爷？我的主人？

拉佛 不错，难道您听不懂我所说的话？

帕洛 　一派胡言，愿闻其中深意，当心拔剑相向。我的主人？

拉佛 　尊驾可是与罗西昂伯爵称兄道弟？

帕洛 　任何伯爵，所有伯爵，凡是英雄好汉，我都与之称兄道弟。

拉佛 　跟伯爵手下走卒尚可如此，跟伯爵本人可得另当别论。

帕洛 　大人，您已是垂暮之人。垂暮之人，可不要倚老卖老。

拉佛 　实话告诉你，混账，像我这样的好汉，再过多少年光景你也做不来。

帕洛 　我好汉盖世，只不过看你这般年纪，不跟你一般见识。

拉佛 　之前曾有两顿饭工夫，我本以为你是机灵之辈。对自己的阅历见识，你倒编造得像那么回事，足以糊弄一些人。但看你这一身装束，就知道你不是什么位高权重之人。我如今将你识透，失之不足惋惜。像你这样的人，一无是处，却有牢狱之灾，没有交往的价值。

帕洛 　若非看在你是一把年纪的老东西——

拉佛 　别那么容易大动火气，试图证明自己真是好汉一条。否则动起手来——上天一定会心生怜悯，把你当作怯懦的母鸡！就此打住，酒馆的窗户，再会。我无需将你推开，因为早已把你看透。握握手，说再见。

帕洛 　大人，您此番羞辱真是欺人太甚。

拉佛 　不错，我是存心羞辱，你是罪有应得。

帕洛 　大人，我从未得罪过您，何以受您这般侮辱。

拉佛 　此言差矣。你完全受之无愧，其中丝毫我都不会收回。

帕洛 　也罢，我今后放聪明些便是。

拉佛 　最好还是趁早，要继续这么愚头愚脑，到头来只会自食其果。如果有一天你穿着这身衣裳饱尝一顿拳脚，你就会明白这身装束不值得任何骄傲。我倒愿意跟你保持来往，或继续听闻你的消息。如此一来，当你再次出丑的时候，我就可以告诉别人自己早已把你看透。

帕洛　　　大人，您如此苦苦相逼，实在令我难以忍受。

拉佛　　　但愿你饱尝地狱般的煎熬，令你的苦恼没完没了。要论苦苦
　　　　　相逼，我早已过了那样的年纪。所以在此告辞，不愿多见到
　　　　　你一秒。　　　　　　　　　　　　　　　　　　　　　　下

帕洛　　　走着瞧，你有一个儿子，我会让他感受到同样的羞辱，你这
　　　　　卑鄙、肮脏、龌龊的糟老头！不过，我会从长计议，因为刑
　　　　　不上大夫。我这辈子，只要抓住合适的机会，一定会揍他一
　　　　　顿。管他是怎样的达官贵人，也绝不会因为他的年纪而心慈
　　　　　手软——只要能再碰到他，我一定揍他一顿。

拉佛上

拉佛　　　喂，小子，告诉你一个消息：贵爵爷、贵主人结婚了，你又
　　　　　有了一个新主子。

帕洛　　　诚心求大人给在下留一丝颜面，不要欺人太甚。他的确是我
　　　　　尊敬的爵爷，可我低头侍奉的人才叫主人。

拉佛　　　那是谁？上帝？

帕洛　　　是的，大人。

拉佛　　　魔鬼才是你的主人。你为什么把胳膊这样捆起来？你把衣袖
　　　　　当作袜管吗？其他仆人也都这样吗？你还是好好闻一闻自己
　　　　　的胯下吧。我发誓，要是自己再稍微年轻一点，一定会赏你
　　　　　一顿老拳。你不受众人待见，谁都应该对你拳脚相见。依我
　　　　　看来，你生来的唯一作用就是充当众人的出气筒。

帕洛　　　大人，您如此恶言相向，未免太不近人情。

拉佛　　　算了吧，大人。你在意大利时就因为从石榴里偷出一颗籽[1]而
　　　　　被人饱揍过一顿。你只不过是四处漂泊流浪，根本不算游历

1　从石榴里偷出一颗籽（picking a kernel out of a pomegranate）：指小的过失。

广泛，见过世面。你胆敢在达官贵人面前放肆无礼，也不想想自己的身份和德性。你不值得我再多费唇舌，否则我只好骂你混账东西。告辞了。　　　　　　　　　　　　　下

帕洛　　好，非常好，现在不跟你计较；好，非常好，咱们走着瞧。

罗西昂伯爵勃特拉姆上

勃特拉姆　完了，这下把一辈子都搭进去了。

帕洛　　怎么回事，伙计？

勃特拉姆　虽然已经在牧师跟前庄严起誓，

但我却不愿跟她同枕而眠。

帕洛　　万万不可，万万不可，伙计！

勃特拉姆　唉，帕洛，他们是强行指婚于我！

我要到托斯卡纳去打仗，永远不跟她同床。

帕洛　　法兰西真是个狗窝，不值得堂堂男儿在此立足。

去参战吧！

勃特拉姆　这是我母亲来信，信中所言何事，

我还没来得及过目。

帕洛　　哦，你看看便知。到战场去吧，伙计！到战场去！

本应骑上飞奔的战马，在疆场纵横驰骋，一骑千里。

却偏偏安居在温柔乡里，拥抱着娇躯嫩体。

将男人的骨髓[1]白白消磨[2]在她的怀里，

好比将功名荣耀埋藏进深处的匣具[3]。

快快离开故里，到其他地方去！

法兰西就如同马厩一处，全都是年老力衰的马匹。

1　骨髓（marrow）：意为"生命力、精力、精子"。

2　消磨（spending）：意为"消耗、浪费、射出"。

3　匣具（box）：指阴道。

所以，请到战场上去！

勃特拉姆　我一定会上战场去。我会把她打发回家。

让母亲知道我是多么厌恶她，也告知母亲我打算去哪儿。

同时把我未曾明言禀告圣上之事以文字写下。

他的赏赐正好用作前往意大利战场的盘缠，

让我去与那些英勇的将士并肩作战。

战争不会带来丝毫的痛苦与折磨，

比死气沉沉的屋子[1]和面目可憎的老婆畅快得多。

帕洛　你是一时心血来潮，还是已经拿定了主意？你决意如此？

勃特拉姆　跟我一同回房里去，为我出出主意。

我想要马上打发她离开，明天就上战场去。

留下她一人，独守空房而哭泣。

帕洛　不错，你说话倒是言出必行，掷地有声，铿锵有力。

年轻人一旦被婚姻所羁绊，也就丢掉了英雄之豪气。

所以离开她，毅然决然离她而去，现在就出发。

陛下让你遭受憋屈。不过，事已至此，正好了无牵挂。　　同下

第四场　　/　　景同前

海丽娜读着信与小丑拉瓦契上

海伦　我婆婆很关心我，她老人家可一切安好？

1　死气沉沉的屋子（dark house）：指精神病院。

拉瓦契	她不安好，可身体还算健康；她过得很开心，但说不上一切安好。不过谢天谢地，她身子骨还算硬朗，世上的东西什么也不缺，不过说不上一切安好。
海伦	既然她身体健康，还有什么苦恼让她过得不算安好呢？
拉瓦契	不错，她身子骨确实很好，但也有两件苦恼。
海伦	哪两件？
拉瓦契	其一，她还没能升入天堂，盼上帝早日送她前往。其二，她如今还尚在人世，愿上帝早日送她离开。

帕洛上

帕洛	上帝向您赐福，好运的夫人！
海伦	大人，但愿如此。但愿借您吉言，我能好运相伴。
帕洛	我一直都在为您祈祷，祈祷上天赐福于您，常伴您左右，并能福泽永享。快说，小子，我们的老夫人可好？
拉瓦契	要是她能够将一脸的皱纹赐给您，把一身的钱财赐给我，那我愿她如您所言。
帕洛	如我所言，我可什么都没有说。
拉瓦契	是的，您倒是个聪明人，很多仆人的嘴都坏了主人的事。什么也不去说，什么也不去做，什么也不去打听，什么也不去占有，正是以您的身份所应该做的，因为您的身份本身就什么都不是。
帕洛	滚开！你这个混账东西。
拉瓦契	大人，你应该说的是："在混账面前你是一个混账。"也就是说："在本人面前你是一个混账。"这是事实，大人。
帕洛	够了，一副油腔滑调的笨蛋。我早知道你是这副模样。
拉瓦契	大人，不知你是在自己身上摸索着看出来的？还是别人告诉你的？大人，这一番摸索是有用处的，你可以发现自己是多么愚蠢。足以满足世人的好奇，平添几分笑料。

帕洛 好一个混账东西，真是喂得脑满肠肥。
夫人，因有要事处理，
爵爷今晚就得出门远行。
他知道，您二人新婚燕尔，
今夜本是洞房花烛之时，
却无奈因故而推迟。
暂时的离开与延迟并非坏事，
夫人可趁小别之期酝酿甜蜜情绪。
待爵爷归来，自会激情四溢，
享受无边之欢娱。

海伦 他还有什么吩咐？

帕洛 他让您立刻向陛下辞行，
让陛下相信如此匆匆辞别是发自您内心。
并设法找到合适的理由，
让陛下相信您不得不走。

海伦 他还有什么命令？

帕洛 他让您先依此而行，
然后听候下一步消息。

海伦 我一切听从他的安排。

帕洛 我会回去如实禀报。 下

海伦 （对帕洛）有劳你了。——（对拉瓦契）这边走，大人。 同下

第五场 / 景同前

拉佛与勃特拉姆上

拉佛　希望爵爷不要把他当作什么能行军打仗之人。

勃特拉姆　不，大人，他的确是行军打仗之人，还有着勇敢的名声。

拉佛　这您是全听自他的一面之词。

勃特拉姆　并非全部如此，其他方面也能证明。

拉佛　那也许是我看人不准，把凤凰错当作了乌鸦[1]。

勃特拉姆　大人，我可以向您保证，他见多识广，而且有胆识，知分寸。

拉佛　那我是小看了他的见识，低估了他的胆量。实在是罪孽深重，因为我心里对此却没有一丝歉意。他来了，请您帮我们和解一番，我愿意跟他化敌为友。

帕洛上

帕洛　（对勃特拉姆）您吩咐之事一定照办，大人。

拉佛　（对勃特拉姆）请问，大人，谁是他的裁缝师傅？

帕洛　大人？

拉佛　啊，我认识他。不错，"大人"，是这个人。"大人"确是一位很好的手艺人，很好的裁缝师傅。

勃特拉姆　（旁白。对帕洛）她去面见陛下了吗？

帕洛　是的，她去了。

勃特拉姆　她是今晚就出发吗？

帕洛　我已经吩咐她按照您的意思办。

1　意思是低估了他。原文为 took this lark for a bunting（把百灵当作白颊）。其中，百灵是较高级的鸟类。——译者附注

勃特拉姆 我已经写好了信件，把贵重之物打包封存。

也已下令备好了马匹，准备出征。

今夜本当与新娘二人相互厮守，

却趁着有名无实之际，早日出走。

拉佛 （旁白）一个游历广泛之人可以在宴饮交际之时发言助兴。但
若是信口雌黄，谎话连篇之辈，以一两件所知之事借题发挥、
漫无边际，则听到一次打他三次。——愿上帝保佑您，长官。

勃特拉姆 （对帕洛）伙计，这位大人和你之间可有什么恩怨？

帕洛 我也不知道自己在什么地方冒犯了大人。

拉佛 你是处心积虑，准备周全，一心想要与我过意不去，就像杂
技班的小丑跳进蛋糕里[1]。而我要是想抓住你问个究竟，你又
会拔腿而逃，将自己置身事外。

勃特拉姆 您也许是对他有些偏见，大人。

拉佛 这些偏见会一直保持下去，即使看见他在祈祷，也会对他的
动机有所怀疑。再会，大人。相信我这句话：如此干瘪的果
壳里绝对无法生长出果核；这人的灵魂就是他身上的衣裳。
关系重大之事切不可听信于他；此等小丑我曾豢养过不少，
深知其品性。再会，大人。我没有按照自己的看法直言不讳，
也没有把你说得太过不堪。不过，面对邪恶，我们终究该以
正义将之归正。　　　　　　　　　　　　　　　　　　下

帕洛 不瞒你讲，此人真是昏庸腐朽。

勃特拉姆 不敢苟同。

帕洛 不敢苟同？你难道还不了解他？

勃特拉姆 当然了解，我对他了若指掌。人们都对他赞誉有加。

1　在伦敦，市长大人一年一度举行宴会时，杂技班小丑常跳进蛋糕里。

我的累赘之物[1]又来了。

海伦及一侍从上

海伦 爵爷，我已尊奉您的吩咐，

面见过圣上。蒙陛下恩准，

我将即日动身，离开巴黎。

只是陛下想要邀您私下一叙。

勃特拉姆 我一定遵命前去。

海伦，请不要对我此次出行深感诧异。

你我新婚燕尔，我确实不该离你而去，

以至无法尽到为人之夫应尽之义。

我也毫无预知，只因一切事出紧急。

对此我也深感手足无措，内心焦虑。

此事促使我不得不相求于你，

请即日启程回家，离开巴黎。

请不要追问我究竟出于何种动机，

因一切都已经过我的深思熟虑。

此番安排皆是事出必须，

绝不若事情之表象，远超出你的预期。

请将这封书信转交给我的母亲。（递过一信）

我们要两日之后才能再次见面，

大小事务都只能靠你自己处理判断。

海伦 夫君，我不知道该对您说些什么。

只想告诉您，我愿意为奴为仆，听候您的所有差遣。

勃特拉姆 好了，好了，快别这么说。

海伦 我出身贫贱卑微，

---

1 累赘之物：原文为 clog，表示障碍，原指拴在人或动物身上避免其逃跑的木块。

本不配与您成双成对。

今后自当竭尽全力，尽忠本分，

报答您的不弃之恩。

勃特拉姆 此事不必时常提起。我实在有要事在身。再会，你快回家去。

海伦 夫君，见谅。

勃特拉姆 怎么，你还有什么没有说完？

海伦 我不配拥有眼前之富贵，不敢宣称自己当之无愧。

可这一切的确是上天赐予的恩惠。

我就像一个胆小的蟊贼，本已依法享有的好处，

却仍视其为需要自己去盗窃的财物。

勃特拉姆 你想要什么？

海伦 我想要的，微乎其微，实在是微不足道。

夫君，我不愿告诉您自己的内心需要。

如果非要说，那就是：

生人和敌人分别时形同陌路，而不会相拥而吻。

勃特拉姆 请不要再耽搁，快快上马出发。

海伦 一切听您吩咐，我亲爱的丈夫。——

（对侍从）还有其他随从呢？——先生，再会。　　　　下

勃特拉姆 你快快回到家里去，我绝不会跟随于你。

我只会挥舞手中的宝剑，听从战鼓的激励。

出发吧，让我们上战场去杀敌。

帕洛 勇往直前，所向披靡！　　　　同下

第三幕

第一场 / 第七景

佛罗伦萨

喇叭奏花腔。佛罗伦萨公爵、二法兰西大臣迪迈纳兄弟之甲、乙¹及一队兵士上

公爵　　关于这场战争的根本原因，
　　　　　现在你们一五一十都已经完全得知。
　　　　　无数的人已经血溅沙场，
　　　　　今后还会有一番血流成河。

大臣甲　殿下此次出征，可谓师出有名。
　　　　　而敌人那一方面，
　　　　　确是邪恶暴虐。

公爵　　所以我等惊讶万分，
　　　　　如此名正言顺的正义之呼唤，
　　　　　法兰西国王老兄竟然拒绝出手救援。

大臣乙　尊敬的殿下，
　　　　　国家的策略并非在下所能决定。
　　　　　我等一介草民，只配作局外旁观，
　　　　　对国家制定的重大决策只能略加揣测。
　　　　　我绝不敢妄加评议，
　　　　　因为我身份低微尴尬，

1　迪迈纳兄弟之甲、乙（First and Second Lords Dumaine）：此为法国贵族中的两兄弟，法兰西
　　大臣，同去参加佛罗伦萨的战争。后文分别称其为"大臣甲"和"大臣乙"。——译者附注

若任意置喙，

必定荒谬可笑遭人讥。

公爵　　他既然心意已决，我也不便强人所难。

大臣甲　不过在下相信，像我等这般年轻之人，

厌倦了安逸享乐，一定会逐渐汇聚而来，

助贵国一臂之力。

公爵　　欢迎他们前来助阵，

我们一定以最隆重的礼节和荣誉来报恩。

就请你二人在队伍中暂时各尽所能，

等有任何职位空缺，自会将你二人擢升。

准备一下，明天就整装上阵。　　　　　喇叭奏花腔。众人下

第二场　/　第八景

罗西昂

伯爵夫人与小丑拉瓦契上

伯爵夫人　一切都恰如我所期盼那般实现，唯一的遗憾是他没有跟她一
　　　　　起回来。

拉瓦契　依我直言，我看咱们家爵爷心里似乎带有几分郁积之气。

伯爵夫人　不知何以见得？

拉瓦契　何以见得？他低头看靴子时哼着歌儿；整理领口时哼着歌儿；
　　　　　向别人问话时哼着歌儿；剔牙时也哼着歌儿。我认识一个人，
　　　　　心里同样有几分郁积之气，随随便便就把一座上好的庄园卖

了出去。

伯爵夫人 （拆信）让我看看他写了些什么，打算什么时候回来。

拉瓦契 自从来到城市里，我对伊丝贝尔已经没有了多少心思。咱们
乡下的咸鱼[1]和咱们乡下的姑娘可没法跟你们城里的咸鱼和你
们城里的姑娘比。我已经失去了爱神丘比特的闲情逸致[2]。我
此时的爱情，就如同老汉爱钱财，有心却无力。

伯爵夫人 这里是什么意思？

拉瓦契 就是您读到的字面上意思。 下

伯爵夫人 （念信）"儿已将媳妇打发，即日便可回到您的身边。她治愈
了君上之身疾，也令儿为难不已。儿已被迫娶她为妻，却未
与之同枕共席。今生誓不与之同居，我已经抱定了主意。您
不日将听闻一则消息，说儿悔婚出逃，特先来信告知母亲。
若天涯无垠，有我容身之地，我愿永作异乡漂泊之客。敬问
母安。不幸儿，勃特拉姆。"

岂有此理，这个鲁莽任性的孩子。

竟敢辜负拒绝君上的一番美意！

此女贤良淑德，王侯将相亦倍加珍惜。

你却偏偏对之不屑一顾，

小心引得君上震怒，失去项上头颅。

小丑拉瓦契上

拉瓦契 啊，夫人！有两位兵士护送少夫人而来，似乎在谈论一些不
好的消息。

伯爵夫人 什么消息？

拉瓦契 不，也有一些好消息，有一些好消息，少爷不会如我预计那

---

1 咸鱼：原文为 lings，俚语，表示"阴道/妓女"。

2 闲情逸致：原文为 brains，表示"精子"。因此，此句中的"丘比特"表示"阴茎"。

样立刻丢失性命。

伯爵夫人 何以丢失性命？

拉瓦契 我也这样说，夫人。他逃跑掉就不至丢失性命，我听说他确是逃跑掉了。因为危险在于硬撑，许多男子都因此丢失性命，虽然也生出了孩子。他们来了，让他们告诉您详情。我该说的都全说了，因为我只知道少爷逃跑掉了。 （可下）

海伦与两位大臣即迪迈纳兄弟甲、乙上

大臣乙 上帝保佑，尊敬的夫人。

海伦 母亲，少爷逃跑了，一去不回了。

大臣甲 别这么说。

伯爵夫人 请少安毋躁。二位大人，请原谅。

我尝过人世间太多的酸甜苦辣、悲欢离合。

不论什么突如其来的变故，我都会坚强面对，不至痛哭流涕。

请问二位，我儿子去了哪里？

大臣甲 夫人，他去投奔佛罗伦萨公爵作战了。

我们正碰见他奔赴那里去，因为我们刚从那里回来。

为朝廷办了一些差事，

正要赶着回去复命。

海伦 （展示信）母亲，您看这封信，这就是他打发我离开的证据。

（读信）"你若能取得我从不离手之指环，能生育一子以示我，且确证为我之骨肉子嗣，如此方可称我以夫婿。只可惜，'如此方可'在我看来则是'绝无可能'。"这是一个多么残忍的判决。

伯爵夫人 二位大人，是您二位把这封信带来的吗？

大臣甲 是的，夫人。我等深表歉意，没想到此信让您如此不悦。

伯爵夫人 我的儿媳，快快振作起来。

你要是将全部痛苦独自承担，就等于抢占了我的地盘。

他确是我儿子，我如今却要与他断绝母子之血脉。

今后你就是我唯一的后代。

他是到佛罗伦萨去了吗？

大臣甲	是的，夫人。
伯爵夫人	是去从军打仗吗？
大臣甲	他确实抱着这样英勇的志向。

您请放心，公爵一定会论功行赏，

赐予他所有的荣光。

伯爵夫人	您二位还要回去吗？
大臣乙	是的，夫人，我等需要火速赶回。
海伦	（读信）"有妻一日在这方领土，我一日不向法兰西涉足。"

真是残酷。

伯爵夫人	这也是信里说的吗？
海伦	是的，母亲。
大臣乙	这不过是他信笔雌黄之言，心里未必同样这么想。
伯爵夫人	一日有妻，绝不涉足法兰西。

这里他唯一不配享有之物，正是这眼前之妻。

以她之善良贤淑，足以嫁入豪门作贵妇，

让二十名他这般无礼之徒，时刻听候其差遣与吩咐。

他和谁一同前往？

大臣乙	只有一个侍从，是他身边的心腹。

此人我之前曾听说过。

伯爵夫人	难道是帕洛？
大臣乙	是的，尊敬的夫人，正是此人。
伯爵夫人	此人一身不良习气，心里全是坏主意。

我儿本敦厚之人，生性老实，

受他诱唆，竟堕落败坏至此。

大臣乙	是啊，尊敬的夫人。
	此人确是巧舌如簧之徒，有一番蛊惑人心的功夫。
	使他颇能左右逢源，得以升官发财。
伯爵夫人	二位大人，欢迎从这里借道而行。
	我有一事相求，来日见到犬子，望能转告：
	他所丧失的荣光，刀剑决然无力挽回。
	还有一些话，待我写下，
	烦请二位带去，转交于他。
大臣甲	区区小事，不足挂齿。
	夫人但有吩咐，我等愿效犬马之劳。
伯爵夫人	快别如此，你我不必客气拘礼。
	二位请借一步说话。 除海伦外众人下
海伦	"有妻一日在这方领土，我一日不向法兰西涉足。"
	一日有妻，绝不涉足法兰西！
	就让您得偿所愿，罗西昂伯爵，让您无妻于法兰西。
	这样您就能重新拥有想要的一切。
	可怜的爵爷，难道竟是我将您逐出故里，
	让您以弱不禁风的娇贵之躯，
	去承受无情战火的摧残和洗礼？
	难道竟是我将您驱出宫廷，
	使您无法再享受含情美目的觊觎，
	如今却成为战火硝烟之中的众矢之的？
	啊，愿那乘着熊熊火力漫天横飞的弹丸都失去方向，
	呼啸着穿过静穆的空气，
	不要触碰到夫君的身体。
	不论谁射中了他，都相当于由我所授意；
	不论谁挥舞着长矛向他胸前冲去，

祸端都相当于因我而起。

我虽然不曾亲手将他杀害，

他却因我而置身死地。

我宁愿遭遇一只饥饿至极的狮子，

穷凶极恶地将我蚕食。

我宁愿饱受世间所有的苦难，一蹶不起。

不，请快回到家里来，罗西昂伯爵。

如此以身犯险，只能换来一个光荣的负伤痕迹，

还会葬送性命身家。我愿意离此而去。

我逗留此地，竟导致您置身险地，

我难道还要继续停留在这里？

不，不，即便屋子里有天堂的微风轻拂，

即便天使们周道侍候，我也不可再厚颜停留。

愿流言垂怜，把我出走的消息带到你耳边，

给你安慰，令你释然。快到来吧，黑夜；快过去吧，白昼！

因为我这可怜的蟊贼，还得趁着黑夜偷偷地溜走。　　　　　下

第三场 / 第九景

佛罗伦萨

喇叭奏花腔。佛罗伦萨公爵、罗西昂伯爵勃特拉姆、鼓号手、数兵士与帕洛上

公爵　　　就封你做我们的骑兵统帅。

我等对你寄予重望，但愿你马到成功，

　　　　　　不辜负我们的厚爱和信赖。

勃特拉姆　殿下，小臣才疏学浅，

　　　　　　殿下委以如此重担，小臣唯恐难以胜任。

　　　　　　唯殿下雄才大略，小臣为殿下尽忠，

　　　　　　纵使赴汤蹈火，亦在所不辞。

公爵　　那便快快向前线进发。

　　　　　　愿幸运之神庇护左右，

　　　　　　如同能带给你好运的情人。

勃特拉姆　从今日此时开始，

　　　　　　伟大的战神，让我投身到您的麾下。

　　　　　　让我做到如自己想象般坚强，

　　　　　　我会坚定地征战沙场，厌倦那儿女情长。　　　　　　众人下

第四场　/　第十景

罗西昂

伯爵夫人与管家雷纳尔多上

伯爵夫人　唉！你就只是这样接过她的信？

　　　　　　你不知道她好几次都是这样，留下一封书信，便不辞而别？

　　　　　　再读一遍给我听听。

雷纳尔多　（念信）"我要到圣雅克[1]神殿去朝觐，

1　圣雅克（Saint Jaques）：即圣詹姆斯（Saint James），其神殿位于孔波斯泰拉，西班牙西北部。

因内心痴妄炽烈的爱欲触犯了上天的禁令。

我愿赤足踏上寒冷的土地，

以神圣的誓言洗净心中的污迹。

修一封家书，修一封家书，将我的亲夫、您的爱子敦促，

让他早日远离战争的血腥与残酷。

我会在遥远之处，以满腔肺腑为他的名字祈福，

请上天保佑他安然踏上归家之途。

他饱受征战之苦，愿他能将我宽恕，

因为我如朱诺[1]于他，居心险恶，善于忌妒。

让他远离了王室亲友，与野营的敌军相争斗，

哪知道死亡与危险随时紧跟在身后。

他英俊仁爱，足以令死神却步，令小女自愧不如，

死神啊，就让我投向您的怀抱，请放他一条生路。"

伯爵夫人　唉，如此温婉的言辞之下竟藏着这般深刻的痛楚。

雷纳尔多，你擅自让她出走，实在是透顶糊涂。

我当时要是能够在旁边劝劝她，

或许还能扭转她的心意，

可是现在一切都已于事无补。

雷纳尔多　夫人，恕在下疏忽。

要是昨晚就将此信交予夫人，也许还能够将她追回。

不过，她既然留下书信，估计是去意已决。

即便追上也无济于事。

伯爵夫人　哪个天使会保佑这样背信弃义的丈夫？

他决计无法官运亨通，无法光耀门族。

1　朱诺（Juno）：罗马神话中地位最高的女神，她迫使大力神赫剌克勒斯（Hercules）完成
　　十二项苦役。

除非上天乐于听闻她的祷告，愿意应允大度，
方能消除震怒，将他的弥天之罪宽恕。
雷纳尔多，快快修一封家书，修一封家书，
写给这个对妻子背信弃义的丈夫。
让每个字都雷霆万钧地道出她的贤淑，
也让他从中把自己的薄情寡义读出。
我沉重的悲恸，虽然他无法感同身受，
也要如实直书。派遣最轻车熟路的信差相奔走，
或许当他听闻她已离家出走，
能够向故乡回头。
还希望她听闻此番消息，受真情所驱，
也会迅速回到这里。
他二人谁是我心头所爱，我无法说清道明。
快快令信差整装待命。
我心情沉重，我年老体虚。
悲恸让我泪流不止，伤感使我叨叨絮絮。　　　　　　　　　　同下

第五场　　/　　第十一景

佛罗伦萨

远处号声。佛罗伦萨老寡妇、其女狄安娜[1]、玛利安娜及其他市民上

1　就角色而言，狄安娜（Diana）的名字来源于处女守护神和狩猎女神。第一对开本称之为"维奥伦塔（Violenta）"，可能是莎士比亚最初设想的人物名字。

寡妇	喂，快过来。要是他们到了城门口，我们就什么也看不见了。
狄安娜	据说法国伯爵可是立下了赫赫战功。
寡妇	据前方消息，他俘获了对方的最高统帅，还亲手终结了对方公爵兄弟的性命。
	我们算是白跑了一趟，他们走的是另一条道。（号声）听！因为可以听见他们的号声。
玛利安娜	走，咱们回去吧。即使看不见，听一听别人议论就好。喂，狄安娜，你可得当心这个法国伯爵。名节才是女子的荣耀，贞节才是女子最为宝贵的财富。
寡妇	我已经告诉过我邻居，告诉他们那位伯爵身边的随从是如何对你大献殷勤。
玛利安娜	我认识那个坏东西，他真是该死！此人名叫帕洛，是个肮脏卑鄙的军官，给那个年轻伯爵出了很多坏主意。留心着他们，狄安娜。他们的许诺、诱惑、誓约、礼物，以及所有煽动情欲的手段，都不是表面上那么简单。不少姑娘已经受过他们的诱骗。可悲的是，这种以少女之身为代价的惨痛教训，不仅没能成为后来人的前车之鉴，她们反而对这样的诱骗趋之若鹜，最终自食其果。我希望你听明白了我的规劝，也希望你能够懂得自重，知道拿捏分寸。虽然除了失去贞节之外，也没有什么更多的危险。
狄安娜	您不必为我担心。

海伦上，乔装为朝觐者

寡妇	但愿如此。瞧，来了一个朝觐的香客。估计她会在咱们家落脚，住过咱们家的香客都会向其他人推荐。我去问问她。——愿上帝保佑您，朝觐的香客！请问您到哪里去？
海伦	到圣雅克神殿去。
	请问，有什么地方可供朝觐者落脚？

寡妇	可以到圣方济客店[1]，就在城门口旁边。
海伦	是从这条道过去吗？（远处行军鼓声）
寡妇	是的，不错。
	您听！他们朝这边走来。
	请在此稍加等候，神圣的香客。
	等大部队全部走过，
	我会领您到住处落足。
	特别是，我认识那家客店的主人，
	就像认识我自己。
海伦	莫非您就是店主本人？
寡妇	不错，要是您愿意这么叫我，香客。
海伦	多谢店主，那我就等您带我过去。
寡妇	我看您是从法兰西来的吧？
海伦	是的。
寡妇	您可以在这里看到一个贵国同胞，
	一个立下赫赫战功的人。
海伦	请问此人姓甚名谁？
狄安娜	叫罗西昂伯爵，你可认识此人？
海伦	只是有所耳闻，据闻此人身世显赫。
	我倒与他素未谋面。
狄安娜	不论他是怎么样的人，在这里可是饱受敬仰。
	据说他是从法兰西出逃而来，
	因为法兰西国王指婚之人不符合他的心意。
	你觉得真有这么回事吗？
海伦	是的，千真万确，确有其事。我认识国王给他指婚的对象。

---

1 圣方济客店（Saint Francis）：这里指挂有圣方济招牌的客店。

狄安娜	有一位为伯爵跑腿的大人，
	曾提到过她，不过却颇有微词。
海伦	他叫什么名字？
狄安娜	叫帕洛大人。
海伦	啊！我同意他的看法。
	若论名望、论身价，
	跟这位显赫的爵爷相比，
	她只是太过粗鄙，她的名字不足一提。
	她全部的长处便是那坚守的贞节，
	这一点还从未听闻有人质疑。
狄安娜	唉，可怜的女人！
	为人之妻，受人鄙弃。
	那是到了何等凄惨的境地。
寡妇	可我觉得她是好人一个。
	不论她置身何地，内心总是充满悲戚。
	这个小妮子都能给她的厄运增添一笔，若她自己愿意。
海伦	这话是什么意思？
	莫非是风流的伯爵动了邪念，
	对她打起了歪主意？
寡妇	是的，他确实打过主意。
	为俘获她的芳心，他使出了所有力气，
	想要玷污少女可贵的贞节。
	好在她已经心存警戒，
	为保持贞节，会对他严词拒绝。

旗鼓前导，罗西昂伯爵勃特拉姆、帕洛及一队兵士上

玛利安娜	愿神明保佑她，不出任何差池。
寡妇	看，他们现在来了。

	那个是安东尼奥，公爵的长子。
	那个是埃斯卡勒斯。
海伦	哪一个来自法兰西？
狄安娜	就是他。
	那个头上插着羽毛的人，是个相当勇敢的家伙。
	真希望他心里装着他的妻子，他要是还讲一些情义，
	会更招人喜欢。他看上去倒像一个气宇轩昂的富家子弟。
海伦	他看上去很不错。
狄安娜	可惜他有些花花肠子。
	那边那个就是唆使他胡作非为的坏东西。
	我要是他的妻子，一定下药将这混账置于死地。
海伦	您说的是谁？
狄安娜	就是那披着领巾的奸诈东西。他为何看上去闷闷不乐？
海伦	也许是在战场上受了伤。
帕洛	丢了我们的战鼓！真可惜。
玛利安娜	他必定有什么苦闷的烦心之事。瞧，他看见我们了。
寡妇	喂，该死的东西！
玛利安娜	瞧你那副奴颜婢膝的模样，活像一个皮条客。

勃特拉姆、帕洛及兵士下

寡妇	军队已经路过。来吧，香客，
	我领你到落脚的地方去。
	我家小店已住下四五位朝觐赎罪的香客，
	他们同往圣雅克神殿去。
海伦	多谢相助。
	若不嫌弃，想请这位夫人和姑娘今晚共进晚餐，
	由我来做东。二位若肯赏光，小女自会感激这份薄面。
	为报答二位将我留宿客店，

我愿意给这位清白的姑娘指点一些意见，
相信一定会使她受用不浅。

二人　　　恭敬不如从命。　　　　　　　　　　　　　　　众人下

第六场　　　/　　　第十二景

战场

罗西昂伯爵勃特拉姆与本幕第一场的二法兰西大臣上

大臣乙　　不，尊敬的爵爷，我们就这样试探他一番，看他究竟是怎样
　　　　　的角色。

大臣甲　　要是您发现他并非酒囊饭袋之辈，您从此不必再听信我所言。

大臣乙　　我敢以性命打赌，大人，这绝对是一个浮华不实之徒。

勃特拉姆　难道你们认为我是一直被他蒙在鼓里吗？

大臣乙　　请相信我，大人。就我自己对此人的了解，不带任何负面偏
　　　　　见，即使把他当作自己的族人来讲，此人也是出了名的贪生
　　　　　怕死，终日招摇撞骗，动辄背信弃义。其全身上下，可谓一
　　　　　无是处，不值得您将他收留在身边。

大臣甲　　您有必要认清他是怎样为人。他毫无可取之处，要是任由他
　　　　　继续胡作非为，一定会在事关重大的紧要关头失信于您，误
　　　　　了您的正事。

勃特拉姆　可是实在不知道究竟应该用什么方法来试探他一番。

大臣甲　　最好的方法就是让他前去夺回那面鼓。您已经听他信誓旦旦
　　　　　地承诺过。

| 大臣乙 | 我可以带一队佛罗伦萨的兵士前去突袭，专挑那些他肯定会误作敌军的人。我们把他绑了，蒙住他的眼睛，然后带回我们自己的营地，而他一定以为自己被俘，身陷敌人的营区。您只需前来观看我们对他的审讯。要是他不因为贪生怕死把您出卖，或是指天发誓般把知道的情报全都招供出来，您今后可以不再相信我的任何判断。 |
| 大臣甲 | 是啊！就叫他去夺回那面鼓，也好让他出出洋相。他倒说自己有一个夺鼓的妙计，等您见识到他全部的实力，就会知道这堆废铜烂铁里必定提炼不出什么真金白银。到那时您要还不赏他一顿拳脚，那就是太过偏心。他过来了。 |

帕洛上

大臣乙	（旁白。对勃特拉姆）嘿，为了保证玩笑的效果，别阻拦他的荣耀妙计。让他无论如何都得夺回那面鼓。
勃特拉姆	怎么了，伙计？还在为丢失的那面鼓懊悔自责？
大臣甲	去他的！别再纠结，只不过是一面鼓而已。
帕洛	"一面鼓而已"？什么叫"一面鼓而已"？这鼓竟然如此轻易就失去？当时的号令竟如此高明，让自己的骑兵冲向自己的阵地两翼，击溃了自己的兵士！
大臣甲	这不能怪罪指挥的号令。这本是战争中的天灾，即便凯撒坐镇指挥，也决计难以避免。
勃特拉姆	是啊，不必妄自菲薄，我们毕竟取得了胜利。丢失了那面鼓虽然有些丧失颜面，但现在追悔也于事无补。
帕洛	当时是可以夺回来的。
勃特拉姆	当时确实可以，但现在却已经无能为力。
帕洛	这面鼓一定得夺回。要不是论功行赏时真正献计出力之人反倒被排挤、受委屈，我倒愿去夺回那面鼓，或者夺取敌军之鼓来弥补，纵使为之粉身碎骨。

勃特拉姆	不错，伙计。你要是真有这样的勇气，你要是真认为自己神机妙算，能将这事关荣誉的东西带回故里，就尽管放手一搏，一往无前。我会支持你这番正义的壮举。如果你一举成功，公爵必定会恩上赐恩，竭尽其所能，对你的所有功劳予以嘉奖。
帕洛	以军人的身份立掌为誓，我愿意担此重任。
勃特拉姆	这次你可不能再敷衍拖延下去。
帕洛	我今晚就出发前去。我将马上拟出行动的方案，坚定必胜的信念，做好视死如归的准备。到午夜时分，你们静候我的消息。
勃特拉姆	我可否告知公爵，说你决心去夺回战鼓？
帕洛	大人，此行成败未卜，但我意已决，必当尽力而为。
勃特拉姆	我知道你英勇善战，凭你一身本领，必定胜利而归。再会。
帕洛	多说无益，我这就去准备。　　　　　　　　　　　　　下
大臣乙	他要真懂得多说无益，鱼也可以离水而居。大人，这家伙真不知说他什么是好。明知此事非同儿戏，却如此信誓旦旦，要去一试身手。如此诅咒发誓非要前往，临到头来又没有必胜的把握。
大臣甲	大人，您不像我们了解他底细。他一贯阿谀拍马，很会讨人欢喜，而且短期之内也不会被人识破其把戏。可是等您一旦把他看穿，也就永远清楚他的为人。
勃特拉姆	怎么，难道你们竟认为如此郑重其事夸下海口的任务，他也就只是这么空口一说？
大臣乙	绝对仅此空口一说。他只会编造一番，回来对您撒上两三个似是而非的谎言。不过我们如今已把他逼上了梁山，您今晚就可以看他丢人现眼。他这样的人，的确不值得受您待见。
大臣甲	把这狐狸剥皮之前，我们还要戏弄他一番，让您亲眼看看。

拉佛老大人之前就已把他揭穿，等他原形毕露之时，您也会
发现他究竟是怎样一个龌龊的玩意儿。一切就在今晚。

大臣乙   我得去检查一下我的部署，今晚一定要把他俘虏。

勃特拉姆   （对大臣甲）您的兄弟可得陪我一同前去。[1]

大臣甲   一切悉听尊便，我这就前去准备。   下

勃特拉姆   我现在就领你到那个地方去，

            让你见见我提到过的那位姑娘。

大臣乙   不过您也说过她固守贞节。

勃特拉姆   这就是所有问题的关键。

            我跟她只有过一次交谈，却见她若冰霜般冷淡。

            我曾派出咱们刚才戏弄的那个傻蛋，

            送去礼物与书信，都被她无情地退还。

            我已使尽浑身解数，却又心有不甘。

            此女花容月貌，您可愿意前往一见？

大臣乙   大人，我愿欣然前往相见。   同下

第七场 / 第十三景

佛罗伦萨

海伦与寡妇上

海伦   您要是不信我所言，认定我不是她，

---

1 勃特拉姆发号施令，让大臣乙陪同前往追求狄安娜，让大臣甲前去俘虏帕洛。

我也不知道怎样才能进一步让您相信我的话。

如果这样，只能是前功尽弃，一切作罢。

寡妇 我虽然家道中落，却也是出身名门正派，

从来没有做过这样的买卖。

如今我也不会从事这苟且之事，

使家族的名声染上污渍。

海伦 若真是苟且之事，哪需要您出言相拒。

首先，请您相信，这位伯爵的确是我夫婿。

对您所言，字字都是千真万确，道自肺腑，

您也承诺对我所言保密不宣，绝不向人透露。

因此，小女求助之事，您好意相助，

绝不会招致任何的错误。

寡妇 我应该相信您。

因为您的言谈举止，都足以证明：

您乃是名门之贵妇。

海伦 请收下这一袋金币，（递过一钱袋）

对您好心的帮助暂且略表谢意。

等事成之后，我自当加倍酬谢，以表感激。

伯爵纠缠您女儿，乃是看上了她的姿色，

他疯狂进攻，穷追猛打，看来是志在必得。

就让她姑且先作一番答应与理会，

我自会指点她从容应对，不至身受拖累。

如今他色迷心窍，自会有求必应，面面俱到。

伯爵手上佩有一枚指环，

乃是由其家族男嗣代代相留传。

已经历四五代人之承传，若追溯至最初的祖先。

此环他虽然视若珍宝，奈何如今欲火中烧，

为填满自己欲求的山坳，

他一定会不顾日后懊恼，

作为交换，献出这传家之宝。

寡妇 我现在明白了，

了解了您的用意。

海伦 那您自然会明白此事乃合情合理。

事情很简单，只需让您女儿在假意答应之前，

向他讨要这枚指环，并约定好会面的时间。

待到那时，由我如约前往，与他相见，

她自己则贞洁如初，不会受任何的牵连。

事成之后，待她出嫁之时，我会送上三千克朗，

再加上已经答应给她的嫁妆。

寡妇 我已经拿定了主意，决定依你所言而行。

请告诉我女儿，在这场合理的骗局中当如何行事，

方能在任何时机、任何场合之下都应对得体，不露痕迹。

他每晚都会携乐师前来，弹奏不同的乐曲。

还编写诗歌，歌颂她平庸的姿色。

我们将他训斥，让他远离我们的屋子，

却也无济于事，因为他总是死皮赖脸，

好像在做着什么关乎一生的大事。

海伦 好，那让咱们今晚就将这计划实施。

要能一举成功，如愿以偿，

那便是男方有邪心，女方无恶意。

看似犯男女通奸之淫，

实则行夫妻分内之实。

我们就这样决定。

同下

第四幕

第一场　/　第十四景

战场

法兰西大臣之一大臣甲率伏兵五六名上

大臣甲　他一定会从这篱笆拐角处路过。你们向他冲上去的时候，嘴里要随便呼喊一些奇怪的语言，让他害怕，即便你们自己听不明白也无妨。因为我们自己也得装作听不懂他的语言，除非我们之中选出一人，出来充当翻译。

兵士甲　尊敬的长官，就让我来做翻译吧。

大臣甲　你跟他应该不熟悉吧？他应该识别不出是你的声音吧？

兵士甲　是的，长官，我保证他绝对听不出我的声音。

大臣甲　但是你翻译给我们时又说一些什么杂乱无章的话语呢？

兵士甲　你们怎么说，我照着你们说就是了。

大臣甲　一定要让他把我们当作是敌军雇佣的外籍兵士。他目前对邻近各国的语言都还懂得那么一些，所以我们每个人都得自己随意发挥一下，好让口里的语言彼此各异，互相听不明白。好在我们都明白这样做的目的，彼此之间可以心照不宣。就像乌鸦[1]的语言，叽里咕噜一番，越迷糊越好。至于你，翻译官，你应该作出非常油滑讨巧的模样。喂！快快埋伏起来，他已经向这边走来。（*他们藏起来*）一定是来这里睡上两个小时，然后回去编造一套谎言，大言不惭。

1　乌鸦：原文为 choughs，戏仿另一英文词 chuff，表示"乡野之人、粗鲁愚蠢之人"。

帕洛上

帕洛　　十点钟了，最多再等三个小时就可以回去复命。我应该说自己做了些什么呢？一定得编造得合情合理，才足以使他们相信。他们已经对我产生了疑心，最近已令我三番两次栽了跟头，丢了脸面。估计是因为我这张嘴太无遮拦。不过我对战神和他的兵士心存畏惧，在他们面前，我绝不敢信口雌黄，胡言乱语。

大臣甲　（至本场结束一直对其他伏兵旁白）这是你嘴里第一次吐露出真话来。

帕洛　　不是不知道要夺回那面鼓绝无可能，也明知道自己根本没有这个打算，究竟是什么邪灵附体，让我招揽来这样的任务？我必须自己在身上弄出几处伤口，告诉他们这是英勇作战的代价。但是伤口太浅却无法掩人耳目，他们会说："如此皮肉轻伤就落荒而逃？"可是重一些的，我又下不去手。所以啊，要怎样才能使他们相信？这闯祸的舌头，要是这次再因为你信口开河而使我进退维谷，我一定把你割下，扔进市井女贩子嘴里 [1]；再买一头沉默寡言的毛驴 [2]，来向它学习。

大臣甲　他还算有那么一些自知之明，不过就是太厚颜无耻。

帕洛　　我会撕碎自己的衣服，折断那柄西班牙宝剑，但愿能使他们相信。

大臣甲　事情可不是你想象的那么简单。

1　带有性暗示。"市井女贩子（butter-woman）"表示卖牛奶的女人（喋喋不休）或妓女（作风放荡）。

2　此处原文为 Bajazet's mule（巴耶塞特的骡子）。人们一般认为骡子不开口出声，骡子有时也指代土耳其人。不过，由于奥斯曼帝国苏丹巴耶塞特等君王豢养"哑"奴，所以一些辑注者也相应将 mule 改为 mute（噤声）。也有人断章取义地认为是指《圣经》中先知巴兰（Balaam）的驴子，只会开口回应上帝的训令。

帕洛	或者把我的胡须剃掉，说那是出于伪装之计。
大臣甲	同样休想蒙混过关。
帕洛	或者把我的衣服扔进水里，说是被敌人剥去。
大臣甲	这也没那么容易。
帕洛	虽然我可以赌咒发誓说自己从敌人城墙的窗口跳下——
大臣甲	城墙有多高？
帕洛	三十寻。[1]
大臣甲	赌上三个恶咒也没人会相信。
帕洛	但愿能够从敌人手中随便夺下一面鼓，就说是把丢失的那面夺了回来。
大臣甲	你马上就可以听到鼓声。
帕洛	是敌人的鼓声——

幕内警号。大臣甲与众兵士从埋伏处冲出

大臣甲	斯洛卡莫乌苏斯，卡勾，卡勾，卡勾。（兵士甲充作翻译）
众人	卡勾，卡勾，卡勾，维利昂达帕柯博，卡勾。（他们俘虏帕洛，蒙其双目）
帕洛	啊！救命，救命！不要遮住我的眼睛。
翻译	鲍斯克斯塞姆尔都鲍斯克斯。
帕洛	我知道你们是莫斯科的兵团。
	恐怕要命丧你手，因为我不会你们的语言。
	你们中要是有人来自日耳曼、丹麦、荷兰，
	抑或意大利、法兰西，让他出来跟我谈一谈：
	我可以透露一些机密，可以把佛罗伦萨全歼。
翻译	鲍斯克斯佛瓦杜。我听懂了你的话，也会讲你的语言。克雷里邦陀。

1　三十寻相当于 180 英尺。

大人，可一定要说实话，不要撒谎胡言，十七把匕首正对着你胸前。

帕洛　我的天！

翻译　啊！祈祷吧，祈祷吧，祈祷吧！曼卡里瓦尼亚杜尔契。

大臣甲　奥斯科彼德杜尔契奥斯瓦里沃克。

翻译　将军心情不错，说暂且饶你一命。

现在，我们要继续蒙着你眼睛，带你回去审问。

你最好招供一些消息，

好保住你这条性命。

帕洛　唉，请不要杀我！

我会告诉你们我军阵营的所有机密，

包括有多少人马，和具体的作战计划。

不，你们想要知道什么，我都一定言无不尽。

翻译　但不知道你会不会说实话？

帕洛　若有半句假话，让我不得好死。

翻译　阿科尔杜林塔。

到这边来，暂时饶你不死。　　　　　　　　　数人押帕洛下

幕内短促警号

大臣甲　你，去告诉罗西昂伯爵和我兄弟，

说我们已经抓住了这只蠢鸟，请他们定夺。

在他们发落之前，我们会一直蒙着他的双眼。

兵士乙　遵命，长官。

大臣甲　也顺便告诉他们，

他将把我们自己的机密透露给我们自己。

兵士乙　是的，长官，我这就去。

大臣甲　在此之前，我会一直蒙住他的双眼，对他严加看管。　　　同下

第二场 / 第十五景

佛罗伦萨

勃特拉姆与寡妇之女狄安娜上

勃特拉姆 他们告诉我你的名字叫芳蒂贝尔。

狄安娜 不，尊贵的大人，我的名字叫狄安娜。

勃特拉姆 与月亮女神同样的名字，

不仅堪称女神下凡，实在是有过之而无不及！

可是美人，在你曼妙的躯体里，难道就没有爱情的一席之地？

如果连炽热的青春火焰都不曾把你的内心世界给点亮，

你就不配称作女郎，而只算是一座雕像。

即便到生命终结之时，也与如今别无二致，

只因为你漠然的样子与冷淡的言辞。

如今，但愿你能把自己的母亲效仿，

一如她当年之时，把你这样可爱的女儿怀上。

狄安娜 她那时可是个贞洁的女子。

勃特拉姆 你也会是。

狄安娜 不，大人。

我母亲只是尽到为人之妇应有的职责，

就正如您对于您妻子也负有为人之夫应尽的义务。

勃特拉姆 别再说这些！

请别逼我违反许下的誓言。

我被迫娶她为妻，但内心所爱之人却是你，

爱你才是出于爱情本身的浓情蜜意。

为此，我愿意一辈子留在你身边，听你支使。

狄安娜	是啊，您是会听我们的使唤，
	而突然一天就会变成我们听您使唤[1]。
	一旦等到您摘下枝头玫瑰[2]的花瓣，
	就会只留下棘刺终日相伴，还嘲笑我们枝枯叶残。
勃特拉姆	你究竟要我发下怎样的重誓才肯相信！
狄安娜	再多的誓言也无法代表内心的真实。
	真正的誓言需真诚起誓，即便带着平淡的言辞。
	我们借之起誓之物，必定庄严而神圣，
	没有一次不是邀请上天做见证。
	请告诉我，若我对您的爱超出了本分，
	即便指着乔武[3]的名义发誓，
	说自己对您关爱备至，您能否相信我的誓词？
	言之凿凿热爱天神，以他的名义起誓，
	实际行动却违逆他的意旨，实在是有违常识。
	所以，您的誓词只是空口无凭，或如契约没盖章印。
	至少我是这样认为，这样确信。
勃特拉姆	不要这样想，不要这样想。
	不要如此圣洁，而显得冷若冰霜。
	爱情诚然圣洁，而我心地也十分善良，
	从来不懂得你所指责的那些男人的伎俩。
	请不要再这样排斥我，快来抚慰我的饥渴。
	让它快快满足而平复。只需说一句你属于我，
	我自将爱你永世如初。

1　听您使唤（serve you）：指满足男子性欲。

2　枝头玫瑰（our roses）：指贞节／阴道。

3　乔武（Jove）：即朱庇特（Jupiter），罗马神话中的最高主神。

狄安娜　　男人都是以这样的绳索设下陷阱[1]把我们束缚，

　　　　　使我们沦为他们的猎物。把那枚指环交给我。

勃特拉姆　我愿意把它借你一用，亲爱的。

　　　　　但是我没有权力将它送给你。

狄安娜　　您是不愿意给我吗，大人？

勃特拉姆　这是属于家族的荣耀，

　　　　　经过几代人的传承而保存完好。

　　　　　若从我手里将它丢掉，

　　　　　将是普天之下最大的不孝。

狄安娜　　我的荣耀[2]正如同您手上的指环一样重要，

　　　　　我的贞节也是我家族的珍宝，

　　　　　经过几代人的传承而保存完好。

　　　　　若从我手里将它丢掉，

　　　　　将是普天之下最大的不孝。

　　　　　这正是借用您口中机智的荣耀，

　　　　　将您徒劳的攻势相抵消。

勃特拉姆　好吧，那你把这枚指环拿去。（递给她指环）

　　　　　我的家族、我的荣耀，乃至我的性命，全都属于你。

　　　　　我愿意一切依照你的心意。

狄安娜　　待到今晚午夜时分，您来敲一下我屋子的窗门。

　　　　　我会事先安排好一切，不让我的母亲听到响声。

　　　　　您既然对我真心一片，我希望您能答应一个条件，

　　　　　待到我的清白之身被您招安，

　　　　　一小时内不得离开床前，也不要跟我出言寒暄。

1　陷阱：原文为 scarre，意思不明。一些辑注者改为 snare，即设下陷阱。

2　荣耀（honour）：指贞节。

　　　　　我这样做必然有自己充分的理由，

　　　　　待我把指环交还给您，您自然会明白个中缘由。

　　　　　今夜，我还会把另一枚指环套在您的手指之处，

　　　　　不论今后发生任何的变故，

　　　　　都可以作为我们此番恩爱的信物。

　　　　　再见，到时候见；今晚相见，不见不散。

　　　　　您倒是享有了夫妻之实，我今生与您却夫妻无缘。

勃特拉姆　我能打动你芳心，真是如愿以偿，仿佛置身人间天堂。　　下

狄安娜　　您终有一天会心存感激，

　　　　　感谢上天，也感谢我自己。

　　　　　我母亲似乎了解他的所有心思，

　　　　　告诉我他会对我穷追不舍，纠缠至此。

　　　　　他发誓说等妻子亡故之日，就会娶我为妻，

　　　　　母亲却说，男人的誓言都是千篇一律，

　　　　　所以我宁愿一死，也绝不愿意与他在一起。

　　　　　法兰西人如此狡猾，不论别人是否愿嫁，我会维护处子生涯。

　　　　　既然此人花言巧语，蓄意相诱骗，

　　　　　那我此番谎言捉弄，也不至使自己良心难安。　　　　　下

第三场　　/　　第十六景

战场

二法兰西大臣迪迈纳兄弟与二三兵士上

大臣甲	你没有把他母亲的书信交给他吗?
大臣乙	我在一个小时前就已经派人送去。信里有些话似乎刺激到他内心深处,因为他读信之后,几乎是变了一个人。
大臣甲	他抛弃这样一位贤惠的妻子和可爱的姑娘,即便受世人唾弃,也是罪有应得。
大臣乙	特别是国王对他眷顾有加,为他的幸福苦口婆心,他更不应该惹得陛下龙颜不悦。我可以告诉你一件事情,你可不要向别人提起。
大臣甲	说吧,我听过之后会把它咽下去,让它永远消失在肚子里。
大臣乙	他已经在佛罗伦萨勾搭上一个良家少女,此女安守妇道,有着最好的名声。今晚他就会去一饱他的淫欲,夺去她的贞操。他已经把祖上世代相传的指环送给了她,以为自己这桩见不得人的勾当十拿九稳。
大臣甲	唉,愿上帝阻止人类的不义之举。我们只不过是肉眼凡胎,没有上帝的帮助,算不上任何东西!
大臣乙	人类完全是在自己加害自己。凡是人自己造的孽,在最终堕入地狱之前,都会一一呈现,要人偿还。他[1]处心积虑,做这般苟且之事,到头来只会自毁名节。他欲火难耐,最终必定玩火自焚。
大臣甲	明明是肮脏龌龊的念头,偏偏还要大肆兜售,人类难道不该受到上天的诅咒?那我们今晚见不到他了吧?
大臣乙	他要半夜之后才会回来,因为他私会情人的时间早就已经定了下来。
大臣甲	那咱们等不了多长时间了。我一定要让他亲眼看看自己的死党被揭穿,也好让他掂量一下自己的判断。他当初把这个赝

---

1 指勃特拉姆。

品看得太过值钱。

大臣乙　我们还是等他[1]回来再处置这家伙[2]，当着他的面这家伙[3]会更加无地自容。

大臣甲　那咱们顺便谈一谈，你收到过什么有关战争的消息吗？

大臣乙　我听说有人提议和谈。

大臣甲　不，我可以向你担保，双方已经达成了和谈协议。

大臣乙　那罗西昂伯爵怎么办？他是准备继续向内地行进，还是打算回法兰西去？

大臣甲　你竟有如此疑问，可见他没把你当作身边心腹看待。

大臣乙　最好如此，大人！否则他的所作所为我也脱不了关系。

大臣甲　大人，他的妻子大概在两个月前就从家里出走，她打算到圣雅克神殿去朝觐。她以最肃穆虔诚的态度完成了朝圣的任务之后，就在当地住了下来。她天性多愁善感，自然经不住悲伤的侵袭。最终只能呻吟出最后一口气，如今已经在天堂婉转轻吟。

大臣乙　怎么知道这个消息是否确切？

大臣甲　大部分从她自己的信函可以证实，整件事情千真万确，直到她临死之前的所有事实。至于她的死，她自己当然无法提前预知，不过当地的牧师也已经确切证实。

大臣乙　这个消息伯爵是否也已经完全得知？

大臣甲　是的，关于整个这件事，了解得原原本本，知道了事情的一五一十。

大臣乙　他听了一定会感到高兴，想起来真令人心里不是滋味。

---

1 指勃特拉姆。
2 指帕洛。
3 指帕洛。

大臣甲　人有时候会因为失去而甚感欣喜。

大臣乙　人有时候却因为收获而痛哭流涕。他在此处凭借英勇获得了多大的光荣，回归故里之后就会遭逢多大的耻辱。

大臣甲　人生就像一块由不同丝线编织成的布匹，善与恶相交缠。善行，若不受到过失的鞭笞警示，会变得傲慢无边；恶举，若不受到善念的安慰鼓励，也会变得自暴自弃。

一仆人作为信差上

　　　　　快快说话，你们的主人现在哪里？

仆人　回大人，伯爵大人在途中遇见公爵，已正式向他辞别，明天一早就打算回法兰西去。公爵交给他一些信函，准备在国王面前把他的功绩表彰夸耀一番。

大臣乙　对他的溢美之词即便有些言过其实，不过正好能派上用场。

罗西昂伯爵勃特拉姆上

大臣甲　再怎么动听恐怕也无法平息国王的怒气。爵爷来了。——怎么，爵爷，已经过了午夜了吗？

勃特拉姆　我今晚完成了十六件差事，每件本都需要一个月时间，我把每件都告诉你们一个大概：我已向公爵正式辞行，跟他的心腹亲信道别；已安葬了一个妻子，为她料理了丧事；已去信给我母亲，告诉她我即日就会踏上归途；也已安排好了一同出行的车辆人马。除这些重要事情之外，还干了几件小事。最后还有一件最为重要的事情，不过目前还没能办妥。

大臣乙　要是这件事如此麻烦棘手，您今天一早又要动身出发，现在您应该抓紧办理才是。

勃特拉姆　我的意思是说，整件事情还余波未平，我不希望听到今后有人对此事议论纷纷。[1] 不过我们现在还是先来听一听那蠢货和

---

1 因为狄安娜可能怀上身孕，并且或许会要求勃特拉姆作自己丈夫。

兵士之间的谈话吧？来人，把这个冒牌家伙带上来。他就像个江湖术士，信口雌黄，把我都给骗了。

大臣乙　（对众兵士）把他带上来。

他已经戴着头枷脚镣待了一整晚，可怜的奴才。　若干兵士下

勃特拉姆　不用可怜他，他平日里仗着脚套马钉胡乱挥舞，如今他的双脚活该受受罪。他被俘之后是什么反应？

大臣乙　就像我刚才跟您说的，他是被头枷脚镣给套牢了。说得更明白些，他哭得像一个打翻了牛奶瓶子的女佣。他把摩根当作了神父，向其忏悔，把自己记事以来的所有事情都悔悟了一番，直到如今身陷囹圄的牢狱之灾。您知道他都悔悟了一些什么吗？

勃特拉姆　他没有提到关于我的什么事吧？

大臣乙　他的供词已经记录下来，可以当着他本人的面宣读。如果有任何涉及您的地方，我相信是在所难免，希望您能耐着性子听下去。

帕洛蒙眼与翻译上

勃特拉姆　这罪该万死的东西！蒙着眼睛？他应该不会提到我吧，冷静！冷静！

大臣甲　蒙脸的人来了！珀托塔塔洛萨。

翻译　他是说要准备用刑，动刑之前你有什么话要说？

帕洛　不要打我，我会把自己知道的一切全部招供。要是你们把我榨成了肉酱，我就什么也没办法说。

翻译　博斯柯契穆尔柯。

大臣甲　波布哩宾多契柯穆尔柯。

翻译　将军真是宅心仁厚。这里有一张单子，将军让我照着单子上的问题问你，你要逐一回答。

帕洛　我一定如实答复，希望能够活命。

翻译	（假装念单子）"第一，问他公爵有多少骑兵？"现在该你来回答。
帕洛	五六千名骑兵，不过都是些老弱病残的兵马，不堪重用。部队分散各处，指挥官也只是一些乡野匹夫。我可以以信誉担保，句句都是实话，希望可以活命。
翻译	那我就照这样记下你的回答？
帕洛	没问题，我可以庄严起誓，无论发什么誓都行。
勃特拉姆	（与二大臣至本场结束一直旁白）发不发誓对他都一样，好一个无药可救的狗奴才！
大臣甲	您弄错了吧，大人。这可是帕洛大人，用他自己的话来说，是英勇的军事家。在他的领结里藏着战争的雄才大略，在他的刀鞘里藏着百般武艺。
大臣乙	我再也不会相信把刀剑用作摆设之人，也不会相信衣冠楚楚之人能有什么真正的雄才大略。
翻译	（对帕洛）好了，已经记下来了。
帕洛	我说了，"五六千名骑兵，"——我说的全都是实话——再加上句"大概就是那个数目"。快记下来吧，我说的全都是实话。
大臣甲	他的这个回答倒差不多真是实话。
勃特拉姆	但是口出这样的实话，我是不会有丝毫感激于他。
帕洛	"只是一些乡野匹夫"，拜托，都记下来吧。
翻译	好的，也都记下来了。
帕洛	真是万分感谢，大人。实话就是实话，这些乡野匹夫都过得穷困潦倒。
翻译	（假装念单子）"再问他，步兵有多少？"现在该你来回答。
帕洛	我指天发誓，大人，如果可以饶我不死，我一定实话实说。让我想想看：斯普里奥，有一百五十人；赛巴斯辛，有一百五十人；柯兰巴斯，有一百五十人；杰克斯，有

一百五十人；吉尔辛、柯斯莫、罗多维克和格拉蒂，各有二百五十人；我自己的部下、契托弗尔、弗蒙德、本蒂，各有二百五十人；所以，所有的在役兵士、残兵、精兵加在一起，还不到一万五千人。其中半数甚至不敢把积雪从战袍上抖掉，唯恐这么一抖，把自己身体也给摇垮掉。

勃特拉姆　怎么处治这个家伙？

大臣甲　无需处治，而且我们还得感谢他。问问他我这个人怎样，在公爵眼里我是怎样的形象？

翻译　好的，全都记下来了。（假装念单子）"接着问他，军营里有没有一位叫迪迈纳的长官，可是法兰西人？公爵对他的印象如何？他胆识怎样，为人如何，是否善于带兵打仗？假若用重金收买，诱使他投敌叛变，他是否会考虑投降？"现在该你来回答。

帕洛　请您逐一发问，我好一条一条地回答。

翻译　你认识这位叫迪迈纳的长官吗？

帕洛　我认识他，他本是巴黎一个修鞋匠的学徒。因为让县长家收养的一个白痴丫头怀上了他的野种，他被抽了一顿赶走。只是这个白痴丫头是哑巴，所以没法开口拒绝他。（大臣甲欲揍帕洛）

勃特拉姆　且慢，先不要打他。让他继续说下去，我们随时都可以要了他的小命。

翻译　继续说，这位长官是在佛罗伦萨公爵的军营里吗？

帕洛　据我所知，是的，不过混得非常龌龊。

大臣甲　爵爷，可别这么看着我，他可是马上就会提到您。

翻译　他在公爵面前声誉如何？

帕洛　公爵只知道他是我手下的一个小喽啰，前两天还写信叫我把他逐出军营。估计这封信还在我口袋里呢。

翻译	真的吗，我们来搜一下。（他们搜其口袋）
帕洛	不瞒您说，我也不太确信。有可能在口袋里，也有可能在我营帐里，跟公爵送来的其他信函材料放在一起。
翻译	在这里，这里有一封信，是否需要我读一下？
帕洛	我不太确定这是否就是公爵那封信。
勃特拉姆	我们的翻译表演得不错。
大臣甲	足够以假乱真。
翻译	（念信）"狄安娜，伯爵是个蠢货，一个家财万贯的蠢货"——
帕洛	大人，那不是公爵的来信，那是我写给佛罗伦萨一位良家少女的忠告。她叫狄安娜，我叫她要当心罗西昂伯爵的引诱。他是个不学无术、游手好闲的公子哥，一门心思打着女人的主意。大人，见谅，请把这封信收起来吧。
翻译	哪里，倒是要请您见谅，我得先把它读一遍。
帕洛	我发誓，我写这封信的意图非常单纯，完全是为了那姑娘着想。因为我知道这位年轻的伯爵是个危险的好色之徒，专门垂涎于女性的贞节，不会让一个美色从嘴边溜走。
勃特拉姆	这该死的东西，两面三刀。
翻译	（念信）"他如果宣誓对你的真爱，就让他以真金白银作告白。 因为其誓言一旦失败，他绝不会偿还自己所欠下的债。 凡事与他先说断、后不乱，因为好的开始是成功的一半。 若让他轻易达成了心愿，事后决计无法追回他的欠款。 狄安娜，这是一位久经沙场之人对你进上的忠言： 男子汉，尚可与之相缠绵；公子哥，切不可与之有沾染。 所以啊，我心知肚明，伯爵此人就是这样一块无用之料， 得逞之前可拍胸担保，事发之后却只顾逃之夭夭。 向您耳边发誓的、您的忠仆——帕洛。"
勃特拉姆	我要把这首诗贴在他脑门上，一路上用鞭子抽他，让全军营

的人都看见。

大臣乙 大人，他应该是对您忠心耿耿的伙伴吧。精通各国语言，勇武有力，能征善战。

勃特拉姆 我以前最讨厌的东西是猫，他现在在我眼里就是野猫一只。

翻译 大人，从将军的脸色看来，我们只有把您吊死了。

帕洛 大人啊，无论如何，请放我一条生路。我并不是怕死，而是因为我自知罪孽深重，要终我余生，忏悔自己的罪过。大人，请饶我一命。把我关进牢房，套上锁镣，或者扔到其他任何地方，只要能让我活着就好。

翻译 你要是肯坦白招认一切，我们也许还有通融的余地。所以，再回到这位迪迈纳长官的问题上来。你已经回答了公爵对他的印象，也回答了关于他胆识的问题，那他的为人怎么样呢？

帕洛 大人，他会从修道院中盗窃鸡蛋[1]；讲到奸淫掳掠，他可以说是世所无双，堪比涅索斯[2]；违反誓言，对他来说是家常便饭，胜于赫剌克勒斯[3]；大人，他说起谎来头头是道，大言不惭，足以使人混淆是非黑白；酗酒是他最大的优点，因为他一喝了酒就烂醉如泥，不省人事，也就没有机会为非作歹，唯一受害的就只是他的被褥和床单。下人知道他的习惯，就让他直接睡在稻草里边。大人，关于他的为人，我也没有其他更多的话好说。一个正人君子不应该有的德性，他无不具备；而一个正人君子应该有的品质，他却一无所有。

大臣甲 他这样说倒让我觉得有点喜欢他。

---

1 修道院中盗窃鸡蛋（an egg out of a cloister）：指微不足道的小物件，即便出自神圣之地。

2 涅索斯（Nessus）：人首马身的怪兽，试图奸淫大力神赫剌克勒斯的妻子。

3 赫剌克勒斯：希腊神话中的英雄，以力大出名。

勃特拉姆　是因为他把你的为人描绘得这么栩栩如生吗？这该死的东西！越来越像是一只猫了。

翻译　那你说说他是否善于带兵打仗？

帕洛　老实说，大人，他曾在英格兰杂剧班子里当过鼓手——我不愿说他谎话——至于其他行军作战的本领我就不知道了。除此之外，他曾有幸在英格兰一个叫做麦兰德[1]的地方做过军官，教授兵士列队行进。我倒是愿意为这个人美言几句，但确实不知道从何说起。

大臣甲　此人真是无耻至极，真可谓世所罕见，百年难遇，千年难逢。

勃特拉姆　这该死的东西，只配做一只猫。

翻译　他的德性既然如此低劣下贱，我也就无需再问如果重金收买能否诱使他投敌叛变。

帕洛　大人，给他几枚硬币[2]，就足以使他出卖对自己灵魂的救赎，也足以使他出卖家族的继承权，使得子孙后代永远无法获得世袭的爵位。

翻译　那他的兄弟，另一位叫迪迈纳的长官如何？

大臣乙　他为什么会问到我？

翻译　他为人如何？

帕洛　都是一丘之貉。行善不及其兄，作恶却青出于蓝。他兄长已经因为胆小懦弱而名声在外，为世人所共知，而他则完全是有过之而无不及。撤退的时候，他比任何驿使都跑得快；前进的时候，他却腿脚抽筋。

翻译　如果饶你不死，你愿不愿意出卖佛罗伦萨人？

帕洛　没问题，连同他们骑兵队的长官——罗西昂伯爵。

1　麦兰德（Mile-end）：伦敦市区以外的一处场地，用于民兵训练。
2　硬币：原文为 cardecue，指法国的小面额银币。

翻译	我去悄悄禀报将军，看他意下如何。
帕洛	（旁白）我以后再也不敲什么倒霉的鼓了，所有的鼓都去他娘的吧！原本只是为了让人高看一眼，为了骗一骗伯爵这个满心邪念的公子哥，却落到这般危险的境地。不过谁又能料到我经过的地方会有埋伏呢？
翻译	实在是无计可施，大人，你还是免不了一死。将军说了，像你这种人，如此无情无义地泄露本方军中机密，又如此刻薄寡毒地诋毁世所公认的君子，留你在世上也别无益处。所以，你必死无疑。来，刽子手，砍下他的人头。
帕洛	唉，天啊，大人，放我一条生路吧！即便要死，也让我亲眼看个明白！
大臣甲	可以让你看看，让你跟所有亲友道个别。（取下其遮眼布）好了，你四面看看吧，看这里有你认识的人吗？
勃特拉姆	早上好，伟大的长官。
大臣乙	愿上帝保佑你，帕洛长官。
大臣甲	愿上帝拯救你，伟大的长官。
大臣乙	长官，你有什么话想要对拉佛大人说吗？我马上要去法兰西。
大臣甲	伟大的长官，你替罗西昂伯爵写给狄安娜的那首情诗，能不能抄一份给我？可惜我是胆小怯弱而名声在外，否则我一定让你抄一份给我。不过我现在有要事在身，恕无法久陪。

勃特拉姆与二大臣下

翻译	长官，你这次可是出尽了洋相——除了你领巾上的那个结。
帕洛	此番被人算计，栽了跟头也只能自认倒霉。
翻译	你要是能找到一个只有女人的国家，而且所有人都因出尽洋相而颜面无光，你倒可以在这个耻辱的国度称王。再会吧，大人。我也要动身前往法兰西，我们会在那里提到你。

翻译及众兵士下

帕洛　　　不过我还是应该懂得感恩。

　　　　　　如果我还有几分自尊，内心定经受不住此番折腾。

　　　　　　带兵打仗之事从此与我无关，

　　　　　　只愿余生吃吃喝喝，高枕无忧入睡眠。

　　　　　　我因生性善言，自能运用自如，左右逢源。

　　　　　　人若自视高明，夸夸其谈，则请听我好言相劝：

　　　　　　时间终究会揭露，浮夸大话于事无补，聪明终将聪明误。

　　　　　　把刀剑从此尘封，让羞愧之色从此消融。

　　　　　　帕洛，好死不如赖活，糊涂之人自有糊涂之福。

　　　　　　人生道路如旅途，车行山前必有路。

　　　　　　他们已经走远，我得快快赶路上前。　　　　　　　下

第四场　　/　　第十七景

佛罗伦萨

海伦、寡妇与狄安娜上

海伦　　　为了让你们明白我没有欺骗你们，

　　　　　　一位基督世界最伟大的人物[1]可以替我作证。

　　　　　　在我实现自己的心愿之前，

　　　　　　需要向他的王座叩拜跪安。

　　　　　　此前我曾一度为他分忧解难，

1　指法国国王。

此事非同小可，生死攸关。
即便如鞑靼部落[1]般无情荒蛮，
也会对此心存感念，口出感恩之言。
我有幸听闻君上目前身在马赛，
恰好备有便车，护送我们前往朝拜。
你们有所不知，人们认为我早已身亡。
如今战事收场，夫婿正匆匆忙忙返回家乡。
若得上天相助，国王陛下开恩惠，
我们能出其不意把家归。

寡妇　　尊敬的夫人，
我愿做您最忠实的奴仆。
凡是您差遣之事，我一定尽力效忠。

海伦　　请别这样说，大姐。
您可以把我当作最真诚的朋友，
知道我无时无刻不在惦记着报答您的恩情。
既然上天注定让您的女儿帮我找到了如意郎君，
我也一定倾我所有，为您女儿准备嫁妆。
不过，男人真是难以理解与思量。
当夜幕降临，欲火焚身，
竟会如此情令智昏，
与自己厌恶之人缠绵温存，
本是避之不及[2]，却误作梦中佳人[3]。
也罢，此事留待日后再提。

1　鞑靼部落（Tartar）居住于中亚，以残忍野蛮著称。
2　指海伦。
3　指狄安娜。

狄安娜，我们还得从长计议，

为了我，还得请你稍受委屈。

狄安娜 只要不失贞节，即便粉身碎骨，

我也愿意听从您的吩咐。

即便赴汤蹈火，也在所不辞。

海伦 请再忍耐一些时日。

转眼之间夏天就要到来，

野玫瑰的棘刺终会被绿叶所覆盖，

棘刺虽利，但芳香却常在。

我们该动身上路，车马已经备妥，精神也已经恢复。

是非成败，皆在结局之处，有如王冠顶上的明珠。

只要结局眷顾，何惧路途遇险阻。　　　　　　　众人下

第五场　　/　　第十八景

罗西昂

小丑拉瓦契、伯爵夫人与拉佛上

拉佛 不，不，不，您儿子就是跟着那个吊儿郎当的家伙误入歧途。年轻人思想尚不成熟，是非观念尚未形成，这样下去全国的年轻人都会被这个混账东西带坏。要不是受这只红尾巴大黄蜂的蛊惑，您儿媳现在一定还好好地活着，你儿子也一定安心在家待着，享受着国王的提携。

伯爵夫人 我真希望自己不曾生过他。造化孕育了这么一个贤良淑德的

姑娘，并且引以为豪，他却将她害死。即便是我亲生的骨肉，使我经受过怀胎分娩的痛苦，也无法拥有我对她一般深切的爱。

拉佛　这确实是一位好姑娘，确实是一位好姑娘。我们再挖掘一千株根苗，也不一定能遇到第二株这样的香草。

拉瓦契　是的，大人，她就是根苗中的甜薄荷，也就是所谓的芸香草[1]。

拉佛　混账，那不是用来吃的草，而是用来闻香的花。

拉瓦契　大人，我终归不是尼布甲尼撒大王[2]，对于食草可不在行。

拉佛　那你觉得自己是哪样？是蠢材，还是混账？

拉瓦契　回大人，我侍候女人的时候是蠢材，替男人干活的时候是混账。

拉佛　二者之间有什么区别？

拉瓦契　我会把男人的老婆拐走，替他效劳。[3]

拉佛　不错，这么说你果然替男人干活的时候是混账。

拉瓦契　大人，我还会把自己这根棍棒送给他妻子，为她出力。

拉佛　同意，言之在理，的确又是蠢材，又是混账。

拉瓦契　那就让我在您手下干活吧。

拉佛　别，别，别。

拉瓦契　不必为难，大人，您若不愿意让我在您手下干活，我也能去侍候一个跟您一样的达官贵人。

拉佛　你打算侍候谁？是法兰西人吗？

拉瓦契　不瞒您说，大人，他有着英格兰人的体格。但论面部特征，他很暴躁，看上去更像法兰西人[4]。

1　芸香草（herb of grace）：一种草药，象征着悔悟，指海伦精神高贵。

2　尼布甲尼撒大王（Nebuchadnezzar）：古巴比伦国王，被逐出巴比伦，被迫食草为生。

3　带有性暗示。

4　更像法兰西人（hotter in France）：表示"暴躁、易怒、好战"。也表示感染上"法国病"，即梅毒。

拉佛	究竟是哪位达官贵人？
拉瓦契	他叫黑王子[1]，大人，又叫黑暗王子，也叫恶魔。
拉佛	行了，把我这袋钱拿去。（递过一钱袋）不是要收买你离开刚才提到的那位主人，尽管好好侍候他吧。
拉瓦契	大人，我是从山林中出来的人，总是喜欢生一堆旺火。我刚才提到的那个主人，就总是燃烧着熊熊的烈火。当然，他也就是混世魔王，就让他在宫廷里高高在上吧。我是只配住那窄门[2]敝户的屋子，小门小户，富贵人家是不会屑于光临的。有些肯屈尊俯就的人也许会来，但大多数人都是娇生惯养，喜暖惧寒。他们宁愿沿着鲜花铺成的道路，走向豪门大宅，通往熊熊烈火。
拉佛	该干什么干什么去吧，我开始对你心生厌烦了。我算是事先警告你，免得到时候惹你不痛快。该干什么干什么去吧，好好喂养我那几匹马，不要偷工减料。
拉瓦契	大人，我要是对这几匹马偷工减料，那就是顽劣马的伎俩，天性如此，无法苛求。　　　　　　　　　　　　　　下
拉佛	你这个油嘴滑舌的混账，真是可悲。
伯爵夫人	的确不假，先夫在世的时候就经常拿他取乐，并下令恩准，把他留在了府里，而他却从此认为自己有了胡言乱语的权力。事实上，他说话没有丝毫分寸，对任何人、任何事都敢于信口开河。
拉佛	我也觉得他挺有趣，让他说说也没什么大不了的。对了，我刚才正要告诉您，自从我听了少夫人的死讯，以及爵爷令郎

1　黑王子：英格兰黑王子爱德华（Edward the Black Prince），爱德华三世（Edward III）之子。
2　根据《圣经》，"窄门（narrow gate）"表示通往救赎之路，源自《马太福音》（Matthew）第7章第13节。

　　　　　就要回家的消息，我就请求国王陛下为小女指派一门亲事。
　　　　　陛下是有心之人，没有任何提示就想起在二人尚且年幼之时，
　　　　　他就首先提起过这件事。陛下如今已经答应为小女提亲。陛
　　　　　下对令郎已有几分不悦，为了消除他心中的怒气，这恐怕是
　　　　　最为可行之计。不知夫人意下如何？

伯爵夫人　我完全同意，大人，希望此事一切圆满顺利。

拉佛　　陛下已经迅速动身从马赛赶来，身体矫健有力，就像回到了
　　　　　三十岁。他明天就能够到达这里。传递消息的人向来准确无
　　　　　误，这个消息应该也不会有什么大的闪失。

伯爵夫人　我能够在入土之前再见君上一面，真是今生有幸。我也接到
　　　　　来信，说小儿今晚可以赶回。我有一个不情之请，请大人在
　　　　　此地暂留片刻，与我一道恭候陛下驾临，等候犬子归来。

拉佛　　谢夫人相留，我正在思考该如何开口，才能在府上静待二人
　　　　　驾临。

伯爵夫人　大人言重，大人出身尊贵，暂留此地真令寒舍蓬荜生辉。

拉佛　　夫人，在下曾斗胆自视尊贵，如今却已知天识命，对上天赐
　　　　　予的好运感怀在心。

小丑拉瓦契上

拉瓦契　啊，夫人！我已经见到少爷，他脸上贴着一片天鹅绒。天鹅
　　　　　绒下面是不是覆盖着伤疤，就只有那天鹅绒知道啦，不过那
　　　　　确实是一块漂亮的天鹅绒。他的左边脸颊盖了两层半，右边
　　　　　脸颊却是光溜溜的[1]。

拉佛　　这是光荣得来的伤疤，是光荣的伤疤，是荣耀的标志，我看
　　　　　大概如此。

拉瓦契　我看是杨梅疮割掉后留下的伤疤。

1　光溜溜的（worn bare）：指没用天鹅绒遮盖，或指因梅毒而不长毛发。

拉佛　　让我们过去迎接您的儿子吧，夫人，我等不及想要跟这位年
　　　　轻的勇士谈谈。

拉瓦契　不瞒您说，那边来了十几个人，都戴着漂亮的帽子，上边彬
　　　　彬有礼地插着羽毛，在向每一个人点头示意。　　　　众人下

第五幕

第一场 / 第十九景

马赛

海伦、寡妇、狄安娜及二侍从上

海伦　　如此日夜兼程，一定使您二位精疲力竭。

　　　　　不过因局势所需，这也是奈何不得。

　　　　　您母女二人终日不分昼夜，

　　　　　为了我的事情辛劳奔波不歇。

　　　　　我乃知恩图报之人，此番情谊定牢记心间。

　　　　　这人来得正是时候，他要是愿意为我出力一番，

一驭鹰行猎绅士上，或携一鹰

　　　　　或许能帮我带句话到君上耳边。

　　　　　愿上帝赐福于您，大人。

绅士　　同样也赐福于您。

海伦　　大人，我们曾在法兰西宫廷里见过。

绅士　　我确实在那里待过一段时间。

海伦　　大人素有热心助人之名，早已传为佳谈。

　　　　　想必大人之美名，自非浪得虚传。

　　　　　恕小女冒昧，如今因情势紧急万分，

　　　　　小女不得不放下所有的矜持与斯文，

　　　　　恳请大人施以援手，为小女排忧解纷。

　　　　　如蒙大人大德，小女自当无限感恩。

绅士　　您有何事相求？

海伦　　大人若不嫌太过麻烦周章，

（展示诉信）请将这可怜的诉信转呈给国王。

也请大人发挥您的力量，

助我亲自面见君上。

绅士　　国王目前已经离开这里了。

海伦　　什么？不在这里！

绅士　　确实已不在这里。

他昨晚已经离开此地。

行色匆匆，胜于往常。

寡妇　　主啊，我们真是白白辛苦了一场。

海伦　　是非成败，结局之处显真相。

即便途中时运不济，白费周章，也不必放在心上。

请问大人，他到什么地方去了？

绅士　　实不相瞒，据我所知，他去了罗西昂。

此地我也正好将要前往。

海伦　　大人，请助我一臂之力。

您应该会比我早一步见到国王，

（递过诉信）请您把这封诉信递交到他手上。

此事不仅不会于您有任何损害，

您还会庆幸自己为此付出的担待。

我一定竭尽所能，快马加鞭，

紧随您身后，赶来与之相见。

绅士　　愿意为您效劳。

海伦　　不论日后发生何事，我一定对您心存感恩。

我们该再次上马出发。

来，来，让我们备马启程。　　　　　　　　众人分头下

第二场　　/　　第二十景

罗西昂

小丑拉瓦契与帕洛上

帕洛　　尊敬的拉瓦契[1]大人，请把这封信交给拉佛大人。（递给拉瓦契一信）大人，我从前每天身披绫罗绸缎的时候，您同我还要熟络一些。大人啊，但我如今引起命运之神震怒，也因她强烈的怒气沾染了这一身肮脏的气味。

拉瓦契　　是啊，如果命运之神发起怒来真有你所说的那般气味，那她就是个肮脏的婊子。命运之神做的鱼我今后再也不吃了。不好意思，请别让风把你的气味往这边吹。

帕洛　　不，大人，您用不着堵上鼻子，我只是打个比方。

拉瓦契　　不瞒您说，大人，不论是您的比方也好，还是其他任何人的比方也罢，只要是散发着臭气，我都会堵上鼻子。不好意思，请离我再远一点。

帕洛　　劳驾您，大人，请帮我送一送这封信。

拉瓦契　　呸！该我劳驾您，离我远一些。从命运之神的茅厕里取出的一张纸，居然让我送到如此尊贵之人手里！你看，他本人过来了。

拉佛上

　　　　　　大人，这里能听见命运之神的呼呼声，也许是命运之神的猫的呼呼声——可不是带着麝香味的猫——这猫一定是触怒了

1　小丑拉瓦契的名字拼作 Lavatch，但此处帕洛称其 Lavache，由此揭示了拉瓦契名字的来历：vache 在法语中意为"母牛"。

命运之神，跌进了肮脏的鱼塘。于是，就如他所说，弄得一身污秽不堪。唉，大人，这条鱼¹就任凭您处置，因为看他那样子就寒碜破败、愚蠢不堪，简直就是个流氓无赖。我是可怜他这副潦倒模样，才用了这番客气隐晦的语气。现在把他交由大人发落吧。   （下）

帕洛　　大人，我是一个被命运之神狠心抓得遍体鳞伤的人。

拉佛　　那你想让我为你做些什么呢？现在才去剪掉她的利爪未免也太晚了。命运之神是一个贤良的女子，她不会坐视流氓无赖一直春风得意。你究竟对她做了什么缺德之事，竟招致她用利爪抓你？（递过硬币）这儿有几枚硬币，拿去请城里官吏从中调解一番，好让你和命运之神化敌为友。我还有其他事情要办。（欲走）

帕洛　　大人，求您再听我说一句话。

拉佛　　你无非是想再多讨一枚铜钱。（再递过一硬币）来，拿去，不必再多言。

帕洛　　尊敬的大人，我的名字叫帕洛。

拉佛　　这可不只是一句话那么简单。真是如雷贯耳！久仰失敬。不过你那面鼓怎么样了？

帕洛　　唉，尊敬的大人，您是第一个揭穿我把戏的人。

拉佛　　真的吗，我是第一个？那我也是第一个把你扫地出门的人。

帕洛　　大人啊，是您让我名誉扫地，如今也只有您才能够使我不再如此难堪。

拉佛　　混账，一派胡言！你想让我一个人既唱红脸，又唱白脸？一个让你得以体面，一个让你丢人现眼。（号角齐鸣）国王驾到。这是为他开道的号角声响。你，过两天再来找我。我昨

1　鱼（carp）：指饶舌之人。

晚还提到过你，虽然你是个蠢材，又是个混账，可也总得让你混口饭吃。行了，你下去吧。

帕洛 谢上帝英明，派大人前来拯救在下。 　　　　　　同下

第三场 / 景同前

喇叭奏花腔。国王、伯爵夫人、拉佛、二法兰西大臣及众侍从上

国王 朕失去了她，就如同丧失一件珍宝。

她如此逝去，令朕之贤德也减色不少。

不过你的儿子实在是狂傲无知，

竟没能认识到她真正的价值。

伯爵夫人 现在事已至此，还望陛下开恩。

望陛下权当犬子是一时年少气盛。

当干柴遇上烈火，当情欲所至，

竟令他完全丧失了应有的理智，

火焰熊熊而起，最终无法收拾。

国王 尊敬的夫人，

虽然我曾一度震怒于他的所作所为，

想要待到时机成熟，就对他责罚降罪，

但现在早已一切释然，我已心存慈悲。

拉佛 有句话不知当讲不当讲，

恕在下直言，还望陛下见谅。爵爷年少荒唐，

不仅令陛下、其母亲、其夫人颜面无光，

也使他自己丧尽天良。

他所失去的这位贤内至亲，

其美貌足以惊艳阅人无数的眼睛，

其言谈足以使每一双耳朵陶醉痴情。

她心思纯洁，如无瑕的珍宝，

足以使最高傲的贵族为之倾倒。

国王　　赞美已经失去的东西，只能使回忆更值得珍惜。

好了，言归正传，快传他进来相聚。

朕与他算是言归于好，此番久别重归，

我决定过往不咎，他也无需向朕请罪。

他纵然罪大恶极，但如今一切皆成过往。

在记忆的深处，让朕把不快的回忆埋葬，

让它们最终成为遗忘。

传他进来吧，如同初次相见，不作阶下罪犯。

告诉他，这就是朕的意见。

侍从　　遵命，陛下。　　　　　　　　　　　　　　　下

国王　　（对拉佛）他对你女儿意下如何？你可有向他提及此事？

拉佛　　他说一切听凭陛下做主。

国王　　那么朕可以成全这桩婚事。

我接到几封信，都是对他赞誉有加。

勃特拉姆伯爵左脸贴一片天鹅绒上

拉佛　　他看上去气色不错。

国王　　我的心情就像是变幻不定的天气，

你能同时感受到它的冰雹无情与阳光和煦。

但是面对太阳的光明，

阴霾应当一扫而尽。

你过来吧，现在已是雨过天晴。

勃特拉姆　在下罪该万死，追悔不已。
　　　　　尊敬的陛下，请恕罪。

国王　　一切都已经过去。
　　　　　过往种种，日后无需再提。
　　　　　让我们抓住眼前的瞬息，
　　　　　因为朕已经老去。
　　　　　最急迫的心愿还没来得及实现，
　　　　　就已败给了悄无声息的时间。
　　　　　你可还记得这位大臣的女儿?

勃特拉姆　回陛下，小臣甚为倾慕。
　　　　　小臣曾一度对她一见如故，
　　　　　虽心生爱慕，却羞于启齿，未能将痴心倾诉。
　　　　　她温婉的仪容早已铭刻在我的心中，
　　　　　我钟情的双目再也无法将其他女子纵容。
　　　　　与她相比，所有人的面孔都显得狰狞丑陋，
　　　　　肤色要么暗淡无光，要么胭脂过重，粉黛太厚。
　　　　　环肥燕瘦皆入不得小臣之双眼，
　　　　　在她面前都显得粗鄙不堪。
　　　　　正因如此，我那亡妻才如眼中沙尘，令我反感。
　　　　　虽然她曾深受世人之称赞，
　　　　　虽然她亡故之后也曾令我心生眷恋。

国王　　好一番冠冕堂皇的辩词。
　　　　　说明你终究也曾用情于她，
　　　　　可勉强将你负情负义的罪名勾划。
　　　　　可惜你用情太迟，好比动刑之后才将赦令送达。
　　　　　本是好意一番，却引得闲言碎语、口诛笔伐:
　　　　　"斯人已去，方知用情于她，不知其用心真假。"

　　　　　我辈愚鲁，常把身边宝贵的事物低估，

　　　　　不识其价值，直到将其送进坟墓。

　　　　　我们经常无缘无故，心生憎恶，

　　　　　葬送了亲友，才来悲恸他们的尸骨。

　　　　　待到可耻的憎恶稀里糊涂地昏睡了一下午，

　　　　　爱情才开始醒悟，为犯下的错误恸哭。

　　　　　海伦伊人已逝，挽钟为她鸣响，已伴她安然入土。

　　　　　如今你且为美丽的穆德琳[1]送上定情的信物。

　　　　　既然双方亲属都彼此中意，

　　　　　就只待见证丧偶郎君的第二次婚礼。

　　　　　啊！愿上天保佑！愿此次仪式胜过上次的礼仪。

　　　　　如若不然，在他二人结合之前，让造化无力，让我一病不

　　　　　起。[2]

拉佛　　太好了，我的乘龙快婿，

　　　　　你我两家的命运从此联系在一起。

　　　　　请惠赠一份定情的信物给小女，

　　　　　让她鼓起爱情的勇气，

　　　　　也好让她快快靠近于你。（勃特拉姆递给拉佛一指环）

　　　　　我胡须已经斑白稀疏，但以我之阅人无数，

　　　　　足以看出已故的海伦温婉而贤淑。

　　　　　这枚指环，上次在宫廷与她告别之时，

　　　　　我看她正戴在手指。

勃特拉姆　这不是她的那一枚。

1　穆德琳（Maudlin）：拉佛的女儿，亦称抹大拉（Magdalen），意思是"悲伤"（可令人想起抹大拉的马利亚 [Mary Magdalene]）。

2　有辑注者认为结尾两行为伯爵夫人的台词，不过在对开本中却无相应佐证。

国王	不必分辨，只需拿上来让我一看。（拉佛递上指环）
	方才说话之时，我眼睛已注意到这枚指环。
	此环本是我身边之物，当我向海伦将它交付，
	我曾告诉过她，若有任何困难需要援手相助，
	就凭着这信物的缘故，我必定会全力以赴。
	不知你究竟使出了什么能耐，
	竟能夺去她安身立命的依赖？
勃特拉姆	陛下请息怒。
	不论是什么原因令您断定如此，
	这枚指环确实从未戴上过她的手指。
伯爵夫人	儿啊，我可以用生命作誓言。
	我确曾见过她戴着那枚指环。
	并将之视若自己生命一般。
拉佛	我也确实看见她戴过。
勃特拉姆	大人，您有所不知，她从来不曾见过这枚指环。
	这是在佛罗伦萨的时候，有人从窗户扔到我手头。
	上面包裹着一张纸，纸上还写着扔它的人的名字。
	她是一名大家闺秀，以为我们就此立下婚约，可终生厮守。
	而不久之后我向她表明了身份，
	也将所有的实情坦言相呈，
	告诉她自己无缘接受她此番情真意诚。
	她如是听闻，虽然叹息再三，
	可也自知与我无缘，决定不再纠缠，
	只是终不肯收回这枚指环。
国王	造化玄奥，

财神普路托斯[1]虽懂得炼金之术和调制灵药，

也比不上我对这枚指环的了解程度高。

不论你得之于何人，

它原本是属于我，也属于海伦。

你若是还知理识趣，

就承认这是从她手里夺取。

因为她曾指天发誓，

说绝不让这指环离开自己的手指。

只有在洞房花烛之夜，才会将它赠与你，

可惜你不愿认她为妻，不愿与她同枕共席。

只能待她遭难之际，以此环为凭，由我助她一臂之力。

勃特拉姆　她从未见过这枚指环。

国王　我乃爱惜信誉之人，你却如此胡言乱语，

真是令人毛骨悚然，感到不寒而栗。

要是你真是这般伤天害理——

我想倒也不太至于——

不过却不得不有所怀疑。

你曾对她恨之入骨，如今她已安然入土。

除亲手合上她双眼，唯此环能让我相信她已亡故。

把他带下去！　（↓↑把指环戴自己手指上↓↑）

不论此事最终结果如何，我的怀疑并非毫无道理。

只怪我自己太过粗心，太过大意。

把他带下去！

此事我一定追查到底。

勃特拉姆　您若断定这指环曾戴上过她的手指，

1　普路托斯（Plutus）：希腊神话中的财神。

那她一定与我有过夫妻之实。

我们一定在佛罗伦萨有过共枕同床，

可惜她从未到过那个地方。 被押下

一绅士即驭鹰人 [1] 上

国王 我脑中满是可怕的想法。

绅士 尊敬的陛下，

恕在下冒昧，斗胆陈情。

这是代一名佛罗伦萨女子转交的诉信。

她有四五次都错过了您的大驾，

未能亲手把它交给您陛下。

这可怜的女子举止言谈温文尔雅，

所以我答应助她把此信送达。

她本人此时也应该正在听候陛下召见。

她所陈之事似乎非常关键。

根据她本人亲口所言，

此事与她自己和陛下都息息相关。

国王 （念信）"罗西昂伯爵多次出言许诺，说一旦其妻亡故，便与小女成亲。说来惭愧，小女一时糊涂应允，遭致失身于他。如今伯爵之妻已故，他竟背弃承诺，置我的清白于不顾。他不辞而别，从佛罗伦萨出走。我一路追随，来到贵国，只为伸张正义。陛下，请为小女做主，只有您能为小女主持正义。否则，只能坐视好色之徒逍遥法外，可怜之弱女枉遭毁誉。狄安娜·卡必来特。"

拉佛 我宁愿在集市上买一个女婿，再把眼前这个给贱卖出去，留之无益。

---

1 但此处没有进一步提到他作为驭鹰人身份的用意。

国王　　　拉佛，看来上天待你甚为眷顾，

　　　　　　在你上当之前揭穿了这一幕。

　　　　　　传状告者前来相见，也速速把伯爵押到殿前。

勃特拉姆被押上

　　　　　　夫人，我对此事心有不甘，

　　　　　　恐怕海伦是蒙受了不白之冤。

伯爵夫人　陛下，一定要将胡作非为之人绳之以法。

国王　　　大人，我有一事不明，你既然视妻子如妖魔，

　　　　　　刚允诺成婚就抛家弃妻，逃往异国。

　　　　　　又何必非有成亲的执着？——那个女人是谁？

寡妇与狄安娜上

狄安娜　　回陛下，是我，一名落魄的佛罗伦萨女子，

　　　　　　一个来自卡必来特家族的子嗣。

　　　　　　我的诉求已表达得清楚而直接，

　　　　　　只请陛下主持公道，为小女沉冤昭雪。

寡妇　　　陛下，我是她的母亲。

　　　　　　不想以我耄耋清白之躯，竟遭受此等耻辱之名。

　　　　　　陛下若不伸张正义，老身只能含冤而去。

国王　　　到这边来，伯爵，你可认识这两名女子？

勃特拉姆　回陛下，我无法抵赖，也不会抵赖。

　　　　　　是的，我确实认识她二人。她们还告发了我一些什么事情？

狄安娜　　你何以对自己的妻子形同陌路？

勃特拉姆　陛下，她根本不是我妻子。

狄安娜　　如果你与人成婚，

　　　　　　必须伸手以示真诚，如今我已然拉起你的手臂。

　　　　　　必须指天盟下誓约，如今我已然得到你的誓言。

　　　　　　必须让我本人知晓，因为我就是你成亲的对象。

你我早已水乳交融，合而为一，

与你成婚之人必当与我在一起，

否则任何一人你都不能娶。

拉佛　　　（对勃特拉姆）你真是声名狼藉，不配我女儿嫁给你，你也不

　　　　　　配娶她为妻。

勃特拉姆　陛下，这女人真是痴心妄想，可笑至极。

　　　　　　我与她之间不过是彼此逢场作戏。

　　　　　　还万望陛下能够相信我的骨气，

　　　　　　不至于为了这样的女人毁掉自己的名誉。

国王　　　大人，我确实对你心存鄙意。

　　　　　　除非你能用行动挽回自己的声誉，

　　　　　　证明你自己比我认为的更有气节。

狄安娜　　尊敬的陛下，

　　　　　　如果他仍坚持否认玷污了小女清白，

　　　　　　可让他当场立下毒誓。

国王　　　这下看你如何回应？

勃特拉姆　回陛下，这女人无耻至极。

　　　　　　是军营中出了名的娼妓。

狄安娜　　陛下，他纯属信口污蔑，让我饱受委屈。

　　　　　　若真是如此，他完全可以凭着贱价获得我的躯体。

　　　　　　请勿听信他一面之言。（展示一指环）啊！您看这指环。

　　　　　　身世高贵，价值连城，

　　　　　　夺目璀璨，为当世所罕见。

　　　　　　对此他却不知珍惜，

　　　　　　把它交给我这个所谓的军中娼妓。

伯爵夫人　他面容羞愧难安。

　　　　　　确实就是这枚指环，

它已经过祖辈六代人的承传。

既然拥有这指环，此女子一定是他妻子，

这指环本身就如同上千句证词。

国王 我记得你说过，

你看见廷上有人可以作证。

狄安娜 是的，陛下，但我不愿让此人帮我作证。

他的名字叫帕洛，因为他本身也不是什么好人。

拉佛 我今天见过此人，如果他还勉强能称作人。

国王 去，把他带上来。 一侍从下

勃特拉姆 叫他前来作甚？

众所周知，他只是一个反复无常的小人。

他把世间所有的坏事做绝，

满口谎言，自己却丝毫不察觉。

难道就凭他如此这般，胡言一番，

就能够把我的为人给判断？

国王 她手中可是有你的指环。

勃特拉姆 她确实有我的指环，我确曾对她痴情迷恋。

也曾因一时年轻冲动，与她搭讪相缠绵。

她自知与我地位悬殊，却想方设法引我上钩，

故作矜持，忸怩作态，将我的情欲挑逗。

因为她知道，爱情中的任何阻力，

反而只会更加激起热烈的爱欲。

她虽然姿色平平，却使出无尽的手段，

让我屈服于她的条件，得到我的这枚指环。

而我从她那里所得到的交换，

任何贩夫走卒都能以贱价实现。

狄安娜 我还得耐心与他周旋，万不能滥用意气。

你这无耻之徒，高贵的原配夫人都可以抛弃，
自然可以将我随意抛弃如敝屣。
你既无情无义，我绝不愿委身于你作夫妻。
拿回你的指环，我会把它退还于你。
还请你把我那一枚交还给我自己。

勃特拉姆　我没有什么指环。

国王　告诉我，你的指环是什么样子的呢？

狄安娜　回陛下，跟您手上的那一枚非常相似。

国王　你认识这枚指环？这指环刚才还在他手里。

狄安娜　这正是我们同床时我给他的。

国王　这么说，你从窗口扔给他指环的那个故事，
一定是其编造之词？

狄安娜　小女所言句句属实。

帕洛上

勃特拉姆　陛下，我承认这指环的确是她的。

国王　你神经太过敏感，似乎一根羽毛落下都会吓着你。
这就是你提到的那个人吗？

狄安娜　是的，陛下。

国王　（对帕洛）小子，我问你一个问题——你最好实事求是。
一切有我做主，你不必害怕你的主子。
我会阻止任何人对你威胁、向你接近——
关于他和这个女子之间，你知道有哪些事情？

帕洛　启禀陛下，我主人向来是一个衣冠楚楚的公子。他有时候有
些花花肠子，这才叫真正的公子。

国王　够了，够了，别绕圈子。他是否爱上过这个女子？

帕洛　不瞒您说，陛下，他确实爱过，不过——

国王　不过什么，快说？

帕洛 陛下，他爱上过她，就像公子爱女士。

国王 这话是什么意思？

帕洛 回陛下，他爱她，但是又不爱她。

国王 就好像是说你是一个混账，但又不是一个混账。你这个不知所云的奴才！

帕洛 在下出身贫贱，任由陛下发落。

拉佛 陛下，让他打打鼓还行，说起话来真是油嘴滑舌。

狄安娜 你知道他答应过跟我成亲吗？

帕洛 实不相瞒，我知道许多事情，只是不愿意说。

国王 你不愿意把自己知道的事情说出来？

帕洛 陛下让我说，我哪敢不说。如我之前所说，我确实替他二人牵过线。他不仅倾心于她，准确说是为她而痴狂。什么恶魔、什么地狱边缘 [1]，以及什么复仇之神，凡此种种，我都听他嘴里说过。他们当时对我十分信赖，所以我知道他们有过同床而睡，还玩过其他的把戏。例如对她许下婚约，还有一些令人无法启齿之事。所以，我知道的事情还是不说为好。

国王 我想知道的你已经全说出来了，除非你还告诉我他们已经成婚。不过你说话实在太绕圈子。站到一边去。回答我，这只指环，是你的吗？

狄安娜 是的，尊敬的陛下。

国王 你从什么地方买的？还是谁给你的？

狄安娜 不是任何人给我的，也不是我从任何地方买来的。

国王 那是谁借给你的？

狄安娜 也不是从任何人那里借来的。

国王 那是从什么地方拾来的？

---

1 地狱边缘（Limbo）：地狱边界的区域，用于收留未经过洗礼的婴孩以及出生于耶稣之前的人。

狄安娜	也不是拾来的。
国王	如果都不是用这些方法得来的,
	那你又怎么会把它送给他?
狄安娜	我根本没有给过他。
拉佛	大人,这女人就像是一只宽松的¹手套²,可以任意脱脱戴戴³。
国王	这指环是我的,我曾把它给了他的第一任妻子。
狄安娜	这也许是您的,也许是她的,我不得而知。
国王	把她带下去,我现在不想与她多言半句。
	把她关进监狱,也把他一起带下去。
	除非你告诉我是从何处得到这枚指环,
	否则你的死期就在今天。
狄安娜	我不会告诉你。
国王	带她下去。
狄安娜	陛下,请允我提供担保人。
国王	我现在知道你也不是什么好东西。
狄安娜	老天在上,要说我跟男人有过什么关系,⁴除非是跟你。
国王	那你为什么一直将矛头对准他?
狄安娜	因为他身负罪孽,却又没有罪孽。
	他知我并非清白,并可向世人昭揭。
	我可力证自己清白,对此他并无察觉。
	陛下,我愿以性命为誓,我绝不是一个娼妓。
	(指着拉佛)我若非清白之身躯,愿嫁给这老头为妻。

---

1 宽松的(easy):指性方面随便。
2 手套(glove):暗指阴道。
3 脱脱戴戴(goes off and on):指高潮和性交。
4 此处原文为 if ever I knew man,指与男人发生性关系。

国王	真是痴人呓语，不知所云。把她押到监狱去。
狄安娜	母亲，快快把保人叫来。——且慢，陛下。

寡妇下

> 我已让她去请这指环的原属主人，
> 此人可以为我担保作证。
> 这位大人，虽不曾加害于我，却对我犯下过错。
> 对此他心知肚明，我也就不再数落。
> 在他看来，似乎是占有了我的清白，
> 而正是那时，却使他自己的妻子怀上了婴孩。
> 她虽已生命告终，却能感受到腹中婴孩的跳动。
> 这就是我的哑谜：已死之人复生而起。
> 现在就让我们一起来揭开谜底。

海伦与寡妇上

国王	莫非是有招魂的术士法力无边，

> 施展法术，弄花了我的双眼？
> 眼前这一切是亦真亦幻。

海伦	不，尊敬的陛下。

> 您眼前所见不过是一个亡妻的影子。
> 虽有其名，而无其实。

勃特拉姆	既有其名，亦有其实。啊，请饶恕我！
海伦	啊，亲爱的夫君！当我假份这位姑娘的时候，

> 发现您是多么的体贴入微，细心温柔。
> 这是您的指环。（展示信）看，这也是您的信函，如其所言：
> "你若能取得我从不离手之指环，并把我家族的血脉相延。"
> 如今您提出的两个条件都已经实现，
> 不知道做我夫君你是否情愿？

勃特拉姆	陛下，她若能告知此事的来龙去脉，

> 我愿与她行恩爱。一生一世，恩恩爱爱。

海伦　　　我若有所隐瞒，或是信口胡言，
　　　　　　就让你我从此分离，永隔天堑！
　　　　　　啊，亲爱的母亲！想不到有生之年还能相见！

拉佛　　　我已是满眼辛酸，忍不住要落泪。
　　　　　　（对帕洛）尊敬的鼓手，请借我一块手巾，我会感激你的恩
　　　　　　情。
　　　　　　一会儿跟我回去，也好给府里增添些乐趣。
　　　　　　不用再弯腰作揖，那不过是虚伪客气。

国王　　　让我们听听这故事的始终本末，
　　　　　　让真相大白，以博取大家一乐。——
　　　　　　（对狄安娜）你若还是一朵未经采摘的鲜花，
　　　　　　我会送上一份嫁妆，让你选择自己的婆家。
　　　　　　因为我相信，正是你的好心相助，
　　　　　　才成全了一对夫妇，也保全了自己的清白无辜。——
　　　　　　此事详细的原委与经过，
　　　　　　留待日后闲暇之时再行述说。
　　　　　　如今有情之人若能终成眷属，结局似皆大欢喜。
　　　　　　你等不枉遭此番困苦，今朝苦尽甘来，终得团聚。

　　　　　　（喇叭奏花腔）

收场白

　　　　　　大剧终归收场，国王出戏讨赏。
　　　　　　在座若肯鼓掌，不枉此番周章。
　　　　　　能博诸君一喜，我等倾尽全力。
　　　　　　努力引君入戏，日日勤加练习。
　　　　　　在座耐心捧场，慷慨为戏赏光。
　　　　　　欣闻诸君赐掌，我心怡然激昂。

　　　　　　　　　　　　　　　　　　　　　　　　　　　　　　众人下

《终成眷属》译后记

王剑

诚然，如英国皇家莎士比亚剧团版《莎士比亚全集》编者所说："《终成眷属》是上演次数最少、叫座程度最低的莎士比亚喜剧之一。"在译者看来，之所以如此，主要原因在于其情节。一方面，该剧剧情较为简单，缺乏其他莎士比亚剧作中主次情节齐头并进或交错发展的繁复与宏大；另一方面，剧中女主人翁通过"床计"的不耻行径，最终与心爱之人终成眷属的事实也令许多批评家莫衷一是，甚而将其归入"问题剧"的行列。不过，在译者看来，情节方面的局限丝毫不影响《终成眷属》在语言艺术方面的重要价值，剧中人物对白的丰富多样与生动细腻对译者构成的挑战可谓不亚于任何其他莎士比亚剧本。

为此，在着手翻译之前，译者参考了朱生豪和梁实秋二位前辈翻译家的译本，于原文理解和译文表达两方面均多受裨益。同时，也对莎剧全集之所以需要此番重译的原因有了更为深刻的体会。即，对于剧本中超过半数文字以上的诗体语言，二位先生皆以散文体译出，其译本在整体风格上与原作的差异可谓一目了然。因此，译者自己在《终成眷属》的翻译过程中始终贯彻了以诗体译诗体、以散体译散体的原则。特别值得一提的是，正如此次《莎士比亚全集》汉译主编辜正坤先生所指出，由于种种原因，英文原作中的格律诗大多数并未押韵。而在《终成眷属》的翻译过程中，对于这类诗体对白的处理上，译者对自己则提出了较高的要求——不仅注意了译文在措辞方面的选择和节奏方面的铺排，而且还结合原文具体语境以及中国读者的审美习惯，以灵活的押韵形式进行翻译，将原作中几乎所有的无韵诗体对白全都以韵文译出，使得译本的诗味更加浓郁。为此，译者常常是一字之立，掂量再三，花费的时间和精力都可见一斑。当然，至于译文效果是否理想，最终还得交由读者来判断。

本剧于今年盛夏七、八月份译于家乡成都。时正值家父弥留。在每日有限的病房探视时间里，眼见父亲日益衰微，每每无比期盼自己能化身剧中海伦，"深悟造化精髓"，助其药到病除。然而，"人生在世——命如浮萍"，并非戏中所有的"奇妙玄奥之事"都能够在现实生活中如愿上演。如今，父亲已然离世而去。不论先父而今身在何方，我都想把自己学术生涯中这第一部译著献给这位生我养我之人，其衣食之恩今生难忘。

同时，我也想把这部译著送给我自己，作为时时之勉励。因为，正如原作者莎士比亚借剧中人物之口所说，"人生就像一块由不同丝线编织成的布匹"——其间充满着太多的功过成败、荣辱显隐、情仇喜悲，乃至善恶生死。此两两之间纵横交缠，须臾转换，自古以来令多少人手足无措，自叹渺小无奈。面对未知的命运，世人所能做的也许只是以有限的生命投入到对无限的探索之中，尽己所能，积淀下关于自然、关于文化的哪怕点点滴滴、微不足道、有用或无用的"知识"，在一定程度上实现对未知的把握。唯此，莎士比亚同时代巨子培根呼唤："知识就是力量。"而在莎士比亚自己看来，正是由于有"知识"相助，人类才得以"无视恐惧"——"在本应向未知的恐惧低头的时候，却可以倚仗所谓的知识，增加我们的勇气"。也许，这正是永恒的莎士比亚跨越数百年时光和上万里重洋告诉我们的关于学习和学术的意义。

2015 年 10 月
于重庆市北碚区缙云山下黄树村